La Septième Rose

第七朵玫瑰

伊凡·哥尔诗选

〔法〕伊凡·哥尔 著 董继平 译

百花洲文艺出版社
BAIHUAZHOU LITERATURE AND ART PRESS

图书在版编目（CIP）数据

第七朵玫瑰：伊凡·哥尔诗选／（法）伊凡·哥尔著；董继平译.
—南昌：百花洲文艺出版社，2023.10
ISBN 978-7-5500-5244-4

Ⅰ.①第… Ⅱ.①伊…②董… Ⅲ.①诗集–法国–现代
Ⅳ.①I565.25

中国国家版本馆CIP数据核字（2023）第142629号

第七朵玫瑰：伊凡·哥尔诗选

〔法〕伊凡·哥尔　著　董继平　译

出版人	陈波
丛书策划	程玥
责任编辑	黄文尹　程昌敏
书籍设计	方方
制作	何丹
出版发行	百花洲文艺出版社
社址	南昌市红谷滩区世贸路898号博能中心一期A座20楼
邮编	330038
经销	全国新华书店
印刷	江西千叶彩印有限公司
开本	720mm×1000mm　1/32　印张　7.75
版次	2023年10月第1版
印次	2023年10月第1次印刷
字数	100千字
书号	ISBN 978-7-5500-5244-4
定价	45.00元

赣版权登字：05-2023-200
版权所有，盗版必究

邮购联系　0791-86895108
网　址　http://www.bhzwy.com
图书若有印装错误，影响阅读，可向承印厂联系调换。

目　录

第一编　第七朵玫瑰

002　蜡　烛

003　悲哀的鱼住在

004　秋　颂

005　献给利娅娜的夜颂

006　蓝色的诗

008　十字架上的受难

009　宣叙调安魂曲

010　新俳句

012　枫树上的那只鸟歌唱它

014　飞翔的梦幻谣曲

016	猫
017	第七朵玫瑰
018	夜的产品
019	晚 云
020	地 铁
021	你不可抓获
022	睡吧，生病的孩子
023	每个黎明你都变了
024	回来吧！
025	我苍老于渴望
026	我们将永远孤独
027	我应该是这棵桦树
028	未知的主人
029	你的躯体
030	潜向深海的女人
031	我是黑色痕迹
032	内心折磨
033	未被征服者之歌
035	不可获得的绿意
036	墙
037	雨在碘的面具上面
038	月桂之血渗透我的脉管

039　煤的面庞

041　三角牛

042　我漫游一个夜的影子

043　夜晚从你的心中

044　恐　惧

045　死者的化学

046　夜晚是我们粗糙的外壳

047　死亡的动植物

第二编　10000个黎明

050　秋　颂

053　公　牛

057　在每一只黑鸟中

058　不要呼唤死亡

059　你的睡眠

060　一棵树梦见你

061　在我的骨笼中

062　为什么夏天应该归来

063　永世离去

064　根据《传道书》

065　血玫瑰

066　你在白昼永不会看见我

067　复　活

068　夜晚是我们的衣服

069　你思想的航程

070　真理的新元素

071　给可怜的我的哀歌

074　死亡的碾磨

076　秘密工作

077　奈　拉

078　呼救信号

079　我听见年轻藤蔓在生长

080　如同黎明时的茴芹

081　我只不过希望成为

082　在记忆的井边

083　我把你箭囊中的箭

084　神庙一片白色

085　10000个黎明，我的天使，10000个黎明

第三编　拉克万腊哀歌

088　拉克万腊哀歌

090　水波永恒的自杀

091　水上舞台

092　曼哈顿

094	河下隧道
096	桥
098	年轻的波浪
100	一片波浪分开
101	万物驶向死亡
103	拉克万腊曼哈顿
105	水的翅膀
106	运载子夜的贡多拉
107	流浪的鱼
108	铅之渡
109	滨水区
111	这些船把我们所有的沉默载往何处？
112	布鲁克林滨水区
114	铅 河
115	河流在夜间的工作
116	失落的港口
118	到达河流
120	离开吧，永恒的蛇
122	拉克万腊哀歌
124	东 河
125	最后的河
126	怜悯之河

128　你带我去吧

130　悬浮在拉克万腊上空的阳台

131　沙的塑像

132　鸣响的航标

134　沿岸的窗户

136　波浪的合拢

137　安　拉

138　秃　鹰

140　钉在十字架上的泳者

第四编　来自土星的果实

144　原子哀歌

149　魔　圈

153　莉莉丝

157　拉齐埃尔

161　桃子挽歌

164　眼睛的眼睛

第五编　梦幻野草

168　金盏花的扩张

169　猎　犬

170　盐与磷

171	迷　宫
172	老　人
173	阿拉萨姆
174	乡村路
175	栗色的手
176	内心的树
177	时　间
178	这神圣的躯体
179	火竖琴
180	痛苦的鼓风炉
181	太平间
182	煤的岁月
183	玫瑰领域
185	大　地
186	约　伯
189	南　方
190	海洋之歌
191	雪的面具
192	在樟树的田野上
193	太阳大合唱
195	致克莱尔的三首颂歌
198	致克莱尔-莉莲

204　上　升

205　致克莱尔

212　恐惧的舞蹈者

213　雨　宫

215　沙漠里的头颅

217　深海的女儿

218　灰烬小屋

219　盐　湖

220　尘埃之树

附录

222　克莱尔·哥尔诗二首

225　伊凡·哥尔生活与创作大事年表

一朵不该忽略的玫瑰

董继平

在20世纪前期,西欧诗坛风起云涌,而在法国和德国这两个国家,还分别出现了两种具有世界性影响的文学思潮——诞生于法国的超现实主义和诞生于德国的表现主义。从这两种现代主义文学思潮中,许多优秀诗人脱颖而出,成为20世纪世界诗坛上极具影响力的人物。

在当时法国与德国重要的现代主义诗人中,伊凡·哥尔这个名字尽管对中国读者来说相当陌生,却不该被忽视。哥尔的名声远播,并不仅仅是缘于其遗孀克莱尔在20世纪50年代初公开指责原籍罗马尼亚的奥地利诗人保罗·策兰抄袭其丈夫的作品而引起的纷争,更重要的是缘于哥尔本人的诗歌创作生涯横跨半个世纪,其作品呈现出鲜明的时代性和复杂性,成为颇具艺术感染力的杰作。同时,这位诗人的文化背景还具有多重性,受到过多种文化(犹太、法兰西、日耳曼和美利坚文化)的熏陶和影响,这又使得他的作品具有广泛的文化包容性,呈现出很强的生命力。为此,他曾经一度自称拥有"一颗法国心,一种德国精神,一身犹太血液和一本美国护照"。

法国与德国之间的"文学流浪者"

伊凡·哥尔（Yvan Goll）是20世纪前期法国和德国最重要的现代主义诗人之一，他本名艾萨克·朗格，1891年3月29日生于当时由德国控制的阿尔萨斯-洛林地区的圣迪耶的一个讲法语的犹太家庭。阿尔萨斯-洛林地区本来是法国领土，1870年普法战争中法国战败后，被迫将其割让给德国——对这一事件，法国著名作家都德在名篇《最后一课》中有淋漓尽致的描写。由于法、德两国的交替统治，该地区的许多居民都会讲法语和德语，朗格也不例外。朗格的父亲很早就去世了，讲法语的母亲便带着他移居到省城梅斯，进入那里的德语学校就读。1912年至1914年间，他在斯特拉斯堡大学攻读法律，其间还先后在弗赖堡和慕尼黑求学。1914年第一次世界大战爆发后，他为躲避战祸而移居瑞士，在洛桑学习，同时与苏黎世用德语写作的达达主义者和苏黎世、日内瓦讲法语的和平主义者过从甚密，并写下了不少反战诗篇。在动荡的战争岁月，年轻的朗格先后采用了众多笔名发表作品，最后才固定使用"伊凡·哥尔"这一笔名，直至去世。在瑞士，哥尔先后结识了著名作家罗曼·罗兰、斯蒂芬·茨威格、汉斯·阿尔普等人。1916年，他与女诗人克莱尔·斯图德尔相遇，克莱尔极富才华，曾受到当时的大诗人里尔克称赞，两人一见钟情，共坠爱河。战后，两人于1919年移居巴黎，1921年在那里结为伉俪。

哥尔具有不懈的探索精神，他的文学创作从一开始就极具特色，这让他在当时的先锋派文学中拥有了一席之地。他前往柏林，发现那里蓬勃兴起的表现主义非常适合他在战后的思想表达，便开始深入研究这种新的表现形式，并创作了一部讽刺剧，在柏林首演，著名艺术家格奥尔格·格罗斯专门为这部戏剧设计了舞台背景，剧作的成功让他在柏林戏剧界声名鹊起，成为影响过后来的著名剧作家尤奈斯库及荒诞派戏剧的先驱之一。回到巴黎后，他又沉浸于当时正在普遍兴起的超现实主义文艺运动，他先是拥护阿波利奈尔，然后又发表自己的《超现实主义宣言》一文，在文中公开反对当时的超现实主义领袖安德烈·布勒东的某些文学主张——他的宣言与布勒东的《超现实主义宣言》都在1924年10月左右发表，颇有分庭抗礼、针锋相对的意味。

其间，哥尔写下了不少关于电影、戏剧和立体主义艺术的论文；把美国诗人沃尔特·惠特曼、奥地利诗人及小说家弗朗兹·魏菲尔、斯蒂芬·茨威格和德国作家埃米尔·路德维希等人的作品译成法文；屡屡在法语和德语刊物上发表自己的诗作；与瑞士的莱茵出版社合作，推出其他作家的新作，包括詹姆斯·乔伊斯的作品——他参加了萨缪尔·贝克特及其他人的组成翻译队伍，将乔伊斯的《芬尼根的守灵夜》中的一部分译成法文。在哥尔本人出版的作品中，一批赫赫有名的艺术大师先后为其创作插图，其中有马蒂斯、夏加尔、达利、格罗斯、唐居伊、德劳内、莱热和毕加索等人，可见其在文艺界的地位。在20世纪20年代，哥尔还创作了一些颇有思想性的长篇小说，如《罪恶之地域柏林》就公开谴责现代世界的秩序混乱。在巴黎生活期间，哥尔与阿波利奈尔、莱热、阿拉贡、儒夫、艾吕雅、布勒东、马雅可夫斯基、雅各布、马尔洛等人往来，还认识了詹姆斯·乔伊斯。

1931年，哥尔邂逅奥地利女诗人和画家葆拉·路德维希，两人过从甚密，葆拉因此成为他的第二个诗歌缪斯。在20世纪30年代，法西斯在欧洲得势和蔓延，使得局势持续紧张，这种紧张的局势不仅出现在欧洲的政治舞台上，同时也出现在哥尔的职业生涯中——1933年初，希特勒上台后即对德国境内的思想界和文化界进行大清洗，导致一大批作品被禁，哥尔也被列入了黑名单，其作品无法继续在德国发表和出版，这就致使他不得不把自己的一些作品译成法文在法国出版。1935年，哥尔参加了在巴黎召开的第一届作家大会，抗议德国法西斯的兴起和肆虐。1936年，由于深受世界局势的困扰，哥尔开始创作一系列诗作，他在其中塑造了一个现代日常人物——"没有土地的让"，描绘了无家可归的流浪的犹太人形象。在后来的岁月里，哥尔还不断往这个系列中增加新作。哥尔去世后，一些美国诗人，包括W.S.默温、肯尼斯·雷克思罗斯、加尔威·金耐尔、威廉·卡洛斯·威廉斯、肯尼斯·帕钦和洛伊斯·波根等人，将这个系列中的一部分诗作译成英文，于1958年在美国出版。

流亡美国纽约的岁月

20世纪30年代末，哥尔和妻子克莱尔生活在处于纳粹威胁下的巴黎，同时生活在这里的还有哥尔的红颜知己葆拉。

然而出于对妻子的忠诚，还由于欧洲大陆上的硝烟味日益逼近，他在1939年8月下旬携妻离开巴黎，开始了流亡生活。同年9月6日，哥尔夫妇抵达了美国纽约市，在那里定居下来，并一直生活到1947年。

在纽约期间，哥尔夫妇住在布鲁克林高地，在那里可以俯瞰东河。根据哥尔的美国朋友、诗人肯尼斯·帕钦的遗孀马里亚姆·帕钦的回忆，哥尔当时处于格林威治村艺术社区的中心，他把家安在哥伦比亚高地134号，那里自然就成为作家们的聚集之地。看到哥尔这样一个对欧洲感情深厚的人，竟能沉浸在独特的美国生活之中，钻研美国本土文化，让朋友们都感到很振奋。在这里，哥尔写出了一系列诗篇，如《曼哈顿》《悬浮在拉克万腊上空的阳台》等，后来被收进了诗集《拉克万腊哀歌》之中——这部诗集后来被美国诗人加尔威·金耐尔悉数译成英文，在美国出版。

在当时的纽约，聚集着许多流亡的法国艺术家，在这个文化圈子中，哥尔非常活跃。1943年至1946年间，他创办并编辑了文艺刊物《半球》，不仅发表了他在巴黎时的老对手安德烈·布勒东的作品，还发表了圣琼·佩斯、威廉·卡洛斯·威廉斯、肯尼斯·帕钦、亨利·米勒以及年轻的美国超现实主义诗人菲利普·拉曼蒂亚等人的作品；他还为刊物《国家》写下了《给詹姆斯·乔伊斯的哀歌》等作品。第二次世界大战末，哥尔用英文写下了一系列很有力量的诗篇，后来以《来自土星的果实》为题出版。

在美国期间，到了夏天，哥尔夫妇就会去雅多和麦克杜威文艺营的作家疗养地度假,有时还会外出旅行。初到美国时,他们还前往古巴旅行,哥尔写下了一些涉及古巴的文章和诗作。后来,他们又前往加拿大魁北克的盖斯佩半岛,那里奇特的山岩自然风光为他的创作提供了源泉。

在哥尔的全部诗歌作品中,含有大量的爱情诗。他生命中的两个女人——妻子克莱尔和红颜知己葆拉,都接受了他在饱受战火蹂躏的世界中对爱的充分表达。早在20世纪20年代,哥尔和妻子克莱尔就开始创作并互赠情诗——庆祝他们在一起生活的抒情诗,并出过《爱情诗》等几部集子;在哥尔与红颜知己葆拉的通信中,他也时常附上用德语写成的情诗,后来被收集成《马来情歌》。而哥尔与克莱尔互赠的情诗,后来则被收集成了一个较大的集子——《1000个黎明》,其创作时间横跨30年,最初用法文和德文出版。集子中的《1000个黎明》这首主题诗,就是哥尔为庆祝自己与妻子克莱尔相遇30周年而专门写下的。1947年2月10日,哥尔将此诗从门下塞进克莱尔的房间,给了她一个惊喜,庆祝他们在一起的生活:"10000个黎明,我的天使,10000个黎明。"

重返法兰西:最后的岁月

还在纽约期间,哥尔被诊断出患有白血病,寻求医治无果后,他于1947年回到了阔别多年的巴黎。此时,他的脑海里始终萦绕着一种"梦幻野草",因此他开始构思用德语创作这些诗。一年之内,他就向杂志投了5首,他在信中对编辑这样解释："在离开20年之后，我带着奉献、复兴的欲望和一颗悸动的心回归了德语。超现实主义穿透了我，并沉积下了盐。仿佛'梦幻野草'这种植物让我重获新生。我很长时间之后才回到欧洲，发现很多大门都被熏黑了，处于废墟之中……"这些诗作被发表了出来。而哥尔，无论是在医院的病床上，还是在巴黎的寓所内，抑或是在朗诵作品的旅行中，都继续写这些诗。其中一些诗描绘了他被病魔缠身而不得不面对死亡的痛苦，另一些则是写给一直守候在他身边直到他生命最后一刻的妻子克莱尔的情诗。1949年秋天，哥尔到意大利威尼斯参加国际笔会，返回途中，他在苏黎世稍作停留，在一家电台录下了自己的朗诵，他这样介绍自己的这类诗："现在我将朗读来自我刚刚创作、尚未出版的集子《梦幻野草》的诗。"

在哥尔的一生中，他一直孜孜不倦地帮助其他诗人，非同寻常的是，在他生命的最后那几个月，他还将一位刚刚移居到巴黎的罗马尼亚年轻诗人保罗·策兰迎进了家门。两人的关系迅速融洽起来，策兰主动翻译了哥尔的一些诗作，而哥尔则要策兰成为他的文学遗嘱执行人之一。他们相遇后不久，在1949年12月13日，哥尔就住进了位于巴黎附近的讷伊的美国医院，再也没能回家。

在哥尔生命的最后几周，他可以说是以消耗生命的代价，用最后的光和热来完成被自己"梦幻野草"所激发出来的诗篇。这些诗都被他写在他所能找到的每一小片纸上——信封、处方签、报纸边沿的空白处——"用他优美的手迹的小鸟"写了下来。不同国籍的诗人，包括年轻的保罗·策兰，为了让他能坚持完成自己最后的作品而排起长队为他献血。可是，在与病魔进行了最后的顽强斗争之后，哥尔还是于1950年2月27日与世长辞。他的遗体被安葬在巴黎的拉雪兹神父公墓中，与肖邦墓相对。

在《梦幻野草》的诗篇中，死神仿佛成了时常造访哥尔的熟人，爱情成为他在一个痛苦的冬天里所能找到的唯一拯救方式。他的躯体不再是他的躯体，而成了他的祖先骨头的旅馆；他的心灵被铁所劫掠；他的肾脏成为猎犬寻觅的肉；他的肉体被永恒的火焰消耗着……然而，哥尔漫游在通往死亡之路上，绊倒在通往时光海洋的阶梯上，还打扮成自己所描写的那个"没有土地的让"的模样，继续探寻。当他在尘世间的肉体即将化为尘土之际，最终是爱情在支撑着他，让他的灵魂从病床的禁锢中升起，自由地翱翔在辽阔、永恒之夜的群星中间。

哥尔的诗歌特色、成就与贡献

哥尔的文学才华横溢，作品十分丰富，留下了大量诗歌、戏剧、小说、译文和论文作品，其中最重要的当数其诗歌。

哥尔的创作，几乎都是在两次世界大战之间完成的。自从1915年以来，他就成了表现主义运动的一员主将和超现实主义的倡导者，并一度与瑞士神秘主义者、马德里极端主义者、萨格勒布顶点主义者等现代主义者有着密切联系；他还为共产党编辑过一份德语文学评论杂志，这使得他的作品打上了十分鲜明而又复杂的时代烙印。

哥尔主要用法语和德语创作，但也曾用英语创作。他一生留下了十多卷诗作，具有很强烈的表现主义或超现实主义色彩。纵观哥尔的总体诗作，我们不难发现，他的创作历程是一个从表现主义向超现实主义过渡的过程，但两者又相互穿插。他的早期诗作，尤其是抒情诗，颇富特拉克尔式的表现主义抒情性，这一点或多或少、或深或浅地延伸到他的晚期诗作中，而这正是其诗作的独特性：把表现主义的抒情性渗入超现实主义的梦幻精神之中，使之成为一种文化边缘。他的晚期诗作越来越朦胧，那是因为探索者哥尔深入人类精神、自我、梦幻和死亡的领域中探索诗歌的金子，因此读者往往要反复阅读才能理解其作品。但是，哥尔心目中的超现实主义与布勒东等人所倡导的超现实主义又有所不同，早在1924年，哥尔就发表了自己的《超现实主义宣言》，与布勒东分庭抗礼，他以自己对超现实主义的理解去创造"超现实"，用新的联想、意象、隐喻去创作。他对现代诗歌的重大贡献，就在于他的作品有助于现代诗歌感觉的形成，进而成为现代诗歌大厦中的一个重要组成部分。

尽管哥尔在西方诗歌界具有一定的影响，但对中国读者来说仍显陌生，因此我们阅读他的作品是非常必要的——通过他的作品，我们不仅可以了解到哥尔所处的那个时代的背景，还可以欣赏到他奉献给我们的那些优美而朦胧的诗作。

我初次接触到哥尔的诗歌，是在20世纪80年代末，那时中国的诗歌刚刚经历了一个高潮而暂时转入低谷，能读到哥尔这种特殊的诗风，的确令人振奋，因此就不自觉地翻译了一些，后来经过了十余年时断时续的翻译，形成了一个集子，并在2003年出版，那个集子共收入了121首。20年后，我又对以前的译文进行了大幅度的修订，并补译了数十首诗作，形成了现在这部《第七朵玫瑰：伊凡·哥尔诗选》，本书包括了作者各时期的代表作，基本上反映了作者在不同时期创作的不同题材和风格；书末还附有作者的妻子、女诗人克莱尔的两首抒情诗。我相信，对于中国诗人和不写诗的诗歌爱好者来说，阅读哥尔的诗歌作品，都是一种享受，诗人们还可从中学习和借鉴。

2023年7月于重庆

第一编
第七朵玫瑰

蜡 烛

我从我虚弱的体内汲取光芒
我燃烧的生命从空洞的眼里
生长又倾泻。

然而生命从我的存在中
传向所有漆黑的房间
房子颤抖于我的沉默。

如果我死去,被轻风采摘,
一个世界就会因我而失明
不可能比我更持久。

悲哀的鱼住在

悲哀的鱼住在
古代的海洋中
畏惧鱼类的上帝。

同时我们用船桨
梳理年轻的波浪,
粉红色山冈
如圣经中的山冈在舞蹈
一股轻风摇曳在
浪沫的马群上。

在我们古代的眼睛上
一丝金色的微笑:
然而悲哀的恐惧就住在那下面。

秋 颂

——给利娅娜

红色葡萄园吐沫、蹒跚：
酩酊的山谷口渴、哽塞、打鼾。
玫瑰妓女把心灵
扔给乞丐，然后死去。
满足的树猛然抛开自己。
白鸥如灰烬，填满黑暗的湖泊。
星星被挖去眼睛：现在
天空彻底死了。
只有我们这些无终者，我们人类，
举着红色火炬一路漫步，
拖着红色头发漫游群山，
我们一路搜寻，我们这些无能者，
我们这些无常者，我们这些绝望者，
生活在贫困中，啜泣
人们说起我们：神祇。

献给利娅娜的夜颂

这个夜晚睁着圆眼睛
心怀红色的恐怖漫游而过——
我的痛苦无休止迸裂,
我的血液,在峡谷中被深深搅动。
我的手,突然被希望刺激,
苍白地枯萎下去,
我的呼喊的暗色蜂群
投入夜的湖泊,淹死。
为了找到你
我不得不毁灭人们和森林,
我汲干泉水,
扼杀做梦的鸟儿;
为了燃烧起来,为在你身上继续燃烧
(在早晨窒息我之前)
我把整个世界置于我爱情的火焰上
将它化为灰烬。

蓝色的诗

——致蓝色的梦

你哦,你这天青石洞穴中的囚徒,
　　把一切都倾倒在渴望的蓝色风中!

如同正在离开的人,你让你的红发
　　永远飘扬在夜晚之外。而白花
　　如未说出的伟大话语从里面落出来。

有你遣出你心灵的燕子的
　　时代。当它们衔着春天归来
　　你笑语的波浪就上涨起来。

有你能从希望的枝条上坠落的时代。
　　然而你颤抖,仿佛羽毛尚未丰满,你的
　　追求者因为你的恐惧而惊慌失措。

在我疲倦的眉毛周围,我要隐藏你的
　　蓝色的风;我再也不需要
　　向音乐会的异域天空和女人购买。

所有的路都通往你的蓝色星星：在一个人
　　伫立之处，在榛树或烟囱旁边，
　　你把它们悬挂在整个世界之外。谁
　　期盼你，谁的手指上就有金色的尘埃。

哦，森林传来的可爱的哭喊，你高飞的爱
　　露出你为我死去时
　　我初识的人的千次微笑。

十字架上的受难

秋天有黄色的手
秋天有红色的鞋去攀上十字架
骨头森林中没有朋友

你听见坠落的苹果的喇叭声
你听见坠落的坚果的鼓声
为死亡而舞蹈

只有最后一只观察的梨子
还悬在空中

宣叙调安魂曲

我将哀悼男人从自己时代的启程；
哀悼鸣啭的心灵呼喊的女人；
当窗户在哼着曲子的灯盏下
撞到束紧带子的紧身衣上，
我将收集并重唱所有的挽歌；
我听见儿童们用金黄的嗓音
在就寝时询问上帝这位圣父；
在所有的壁炉架上，我看见环绕着
常春藤的相片微笑着，忠实于过去；
从所有的窗口中，被遗弃的女孩的凝视
燃烧成僵硬的远方；
在所有的花园里，人们种植紫菀
仿佛在为坟墓而准备；
在所有的街上，小车行驶得更慢
仿佛在排着队送葬；
在所有的城镇里，一口口钟鸣响得更深沉
因为总有人刚被一颗子弹击倒；
在所有的心灵中都有一曲挽歌，
我听见它的声音日日高涨。

新俳句

从神圣的星星上
金子的尘埃落进我眼
让我失明

*

在曼陀林①的琴声里
被囚的夜莺
为自由而大声呐喊

*

最后一片云
如同柠檬汁
溶化在黄昏的唇上

*

我的梦幻躺着

---

① 曼陀林,一种拨奏弦鸣乐器。

如同掩埋在你心里的
粉红色的小尸体

*

我日复一日坐在
你睫毛的蓝色岸边
垂钓忧郁

*

睡者嘴里含着月亮灰烬
和星星沙子而醒来：
曙光的粉红色是最好的牙膏

*

人类躺在石头和睡眠中
麻醉
宇宙的痛苦和黑鸟的歌

La Septième Rose

枫树上的那只鸟歌唱它

枫树上的那只鸟歌唱它
墙里的那块石头对它保持沉默:
我无法歌唱,无法沉默,我必须苦闷地了解它!

甚至死亡
也熟睡于
你温暖的胸膛上。

交会点的猎户星座:
你从巴黎,我从柏林
每晚都会高高地飞向它。

秋天的渡鸦在房子上盘旋。
难道某处有腐尸?
我那死去已久的隐藏的心灵。

傍晚的树叶用大字
宣布
一株郁金香之死。

柳树在湖泊之镜中

梳理它们的头发:
烦恼一片片落下。

但愿夜晚终将来临
把我如同树影
从这片土地上抹掉。

飞翔的梦幻谣曲

在大地的瑕斑上面
钉死在十字架上的教堂盘旋,
雷鸣的大教堂和鸣啭的小教堂,
钟声的黑色翅膀投影的波浪。
一千年的山峦就这样崩溃了!
我们飞翔的云,天空喝醉似的嗖嗖声,
围绕我们的脚步而高飞翱翔!
每个被喃喃低诉的字眼都是誓言和祈求。

然而上帝已经倒下!
花朵之夜加上了磷的芬芳香料。
石头圣母抱着颤抖的儿子
徘徊在我们中间,没人认出她。
从十一月之城的巨大教堂中
塔楼逃走了,骨瘦如柴的骷髅。
永恒的钟声凝视,
灌木丛中,眼睛空空的猫头鹰失明。

于是,风琴如醒来的牧草场的咆哮而高飞,
钟声如风中的鸟而展开翅膀:
金色希望的风琴和钟声响起,

如云朵降临,膨胀。
闪电时不时闪现
如新的和平之日的解放:
然而,死亡的迫击炮发出的雷鸣
突然落进短暂的魔咒。

猫

你是斯芬克斯①,虚幻的幽灵:
你专注的眼神的黑色金子
焚烧夜晚的寂静。

黑暗扩宽你的视野
元素泄露自己
你用蓝色的光束
照亮世界的心
你用炸药爆破夜晚

你对我泄露什么?
那在每堵墙后,甚至也在我们的群星后
打着呵欠的虚无。

---

① 斯芬克斯,希腊神话中狮身人面的怪物,因其谜语被俄狄浦斯所破而羞愧自杀。

第七朵玫瑰

第一朵玫瑰是花岗石

第二朵玫瑰是红葡萄酒

第三朵玫瑰是云雀羽毛

第四朵玫瑰是铁锈

第五朵玫瑰是怀念

第六朵玫瑰是锡

而第七朵

最为娇嫩

那信仰的玫瑰

那夜之玫瑰

那姐妹般的玫瑰——

只有在你死后

才会长出你的棺材

夜的产品

夜是一种原料
有点像棉花

它构成睡眠
有时还构成梦幻

黑棉构成睡眠
金棉构成梦幻

因此夜便有了副产品：
焦油和悲伤

焦油常常摧毁生命之路
悲伤常常加工最廉价的死亡

晚　云

那是我爱人的手吗?
是从她腰带上掉下来的康乃馨吗?
是她留在天空露台上的
山莓冰块吗?
哦,但愿这形态会保持下去!
但愿它永不消失!

地 铁

那环绕地球的
无性的一代,水泥天空下
一条毛毡的溪流。

你的嘴不再唱起红色的歌
它是一个孔眼
沉默在其中诅咒。
在你死去的眼里
有冷漠的恐惧寓居。
你用报纸填充
你空虚的灵魂。
向前流动吧,无脸的一代,
没有花朵的女孩
没有愤怒的男人
没有智慧的老人
用你们的铅鞋践踏
那把源于痛苦的沉默影子
留给你们的
唯一的牧师吧。

你不可抓获

你不可抓获

如一条小溪流淌在

一蓬蓬薄荷中间:

你常常颤抖于

我的影子下面

当我向你弯腰

群星就升起来

当你注视我

你就属于我

如同眼睛属于脸

你将在唇上

带着我的一支歌

去迎接死亡……

然而你逃避我,你如同

我的曼陀林发出的一颗音符逃避

不可抓获

如同云雀——如同鳟鱼

哦,爱情的梦幻!

哦,梦幻的爱情!

睡吧，生病的孩子

睡吧，生病的孩子
我会停止地球的运转
润滑你的泪水锈蚀的
月亮的轮牙
我会绞死那唤醒整个欧洲的
气喘吁吁的风……
因此你才能入睡
我会把棉絮搭在街车扶手上
把雨变成雪
每天早晨谋杀那些可能
用歌声抓搔你雌鹿之心的黑鸟：
因此你才能入睡

每个黎明你都变了

每个黎明你都变了
从夜晚的剧场之翼向我回归
你是小精灵神圣公主?
处于你黑暗的陌生里?

俘虏们带着什么武器接近你?
你将走出一道旋转门
走出一座沉陷的城堡?走出一场风暴
或一条到处都有恼人的拐弯的街道?

是什么强光弄弯你的卷发?
是何方神祇对你低语口令?
你在托斯卡纳①歌唱,你闻到燃烧的气味

你向我归来,糊涂而迷惑,
戴着微笑的面具——仅仅半掩着——
你紫色的斗篷下露出一只天使的翅膀

---

① 托斯卡纳,意大利中西部的一个大区。

回来吧！

回来吧！
我要为我们创造第五个季节：
牡蛎会长出翅膀
众鸟会唱起斯特拉文斯基①
还有金苹果
会成熟在无花果树上

我要从日历上擦去
你欺骗我的那些日子
从地图上抹去
你逃离的那些道路

仅仅回来吧！
世界会再度年轻
一个新北方吸引指南针：
你的心灵！

---

① 伊戈尔·菲德洛维奇·斯特拉文斯基（1882—1971），美籍俄国作曲家、指挥家。

我苍老于渴望

我苍老于渴望
潮湿的二月和迟来的四月
给你一束铃兰花

多少个苍白之夜我都不眠
为了向月亮
探问你的忠诚
我忍受过带电的夏季
等待你天蓝色的电报
我还在悲伤的夜晚
抚摸过那垂死的百合之手

每个季节都适于心灵劳作：
天空的农夫
我的爱人，为了滋养我们
我播种又收获群星

La Septième Rose ——————·

我们将永远孤独

我们将永远孤独
裹着我们的躯体
就像裹在两件尸衣里!

即使我们从嘴唇到嘴唇
就像从阳台到阳台
互掷爱情的红花

即使我们相信自己那攥紧的手
被熔成一个
水泥和血液的肉体

徒劳!徒劳!
徒劳印在我们颅骨上的微笑!
那不再焊接万物的泪水!

在绝望的拥抱中
在无法摆脱的事物之间
我们张开那可怕的孤独的豁口

我应该是这棵桦树

我应该是这棵桦树

你多么热爱的桦树:

我应该拥有一百只手臂来守护你

一百只温和的绿色的手

来抚摸你!

我应该拥有世界上最好的鸟儿

在拂晓时来唤醒你

在黄昏时来安慰你

在夏天的时辰里,我可以把你

埋在阳光的花瓣下面

夜里,我会把你的受惊之梦

庇护在我的影子里……

我渴望我是这棵桦树

在它的脚下,他们将为你掘墓

它也将继续用根须

紧紧缠绕你

未知的主人

我死去的心灵如同古式壁橱
常常在夜里吱嘎作响
梦见它樱桃树的青春年华。

于是我再次伸出我的褐色粗枝
铺展我的叶片之手
在鸟语下摇动。

我的影子遮暗你的牧场,
我用蓝色影子抚摸你
在红樱桃里把血液
全都抛向你。

白天,我闭上睫毛伫立
如同被遗弃的海边别墅
主人未知。

你的躯体

你那在梦海上漂流的躯体
是千百万波浪的楷模
它们流啊流流向往昔的序曲

水手不曾见过更温和的群岛
爱与美之女神的孙女
基克拉泽斯①的姐妹

但愿我是你翻涌的退潮的海豚
但愿我能扔掉这张人类的脸!

---

① 基克拉泽斯,爱琴海南部的希腊群岛。

La Septième Rose ——————·

潜向深海的女人

然而每一夜我都让你
潜入睡眠的海底
彷徨于危险的迷幻码头——
在灯塔可疑的方位中
你假装睡眠之际
在石珊瑚的手臂上起舞

（你干枯的手
铁锚般钩住了我的手
或者像一朵耶利哥[①]玫瑰：
它好像死于期待之中）

那么，当你重新爬上井沿
沉醉于梦幻的墨斯卡灵[②]
你眼含星星的碎片
递给我一束鱼珊瑚
你受赠于某人，你再不知是谁……

我假装并不嫉妒

---

① 耶利哥，西亚死海以北的古城。
② 墨斯卡灵，一种能致幻的生物碱。

我是黑色痕迹

我是你的独木舟
在水中划出的黑色痕迹

我是你的棕榈树
放在身边的顺从的影子

我是被你击中的
鹧鸪发出的
细微叫声

内心折磨

你知道一只水龙头在夜间的
厨房里独自哭泣的悲哀吗

你知道一扇如同在风中拍动的罪恶之翼
被重重关上的百叶窗的恐惧吗

你知道那无助地滴在屋顶上
滴在墙上
那泥土与它的折磨
交融的微雨的极度痛苦吗

未被征服者之歌

苦难的黑色乳汁
我们畅饮你
在通往屠场的路上
黑暗的乳汁

我们接受面包,
可那是尘埃做成的面包
我们的哭喊一片赤红
从屠场升起

在我们地狱的
源于葡萄藤之火
源于骨头和颅骨的酒里
魔王的血液发酵

三叶草从眼里长出来
去悲叹谋杀
祖先的队列
在石头下警戒

黑暗的猫头鹰

将尖叫复仇
群狼将成为后裔——
撕裂的残忍

苦难的黑色乳汁
我们畅饮你
在通往屠场的路上
黑暗的乳汁

不可获得的绿意

已经是夏天
这棵比一个
六十岁老人还饱学的酸橙树肉体
已经受孕于焚香的氤氲
和群星的饲草

年轻的橡树森林
年老的椅子森林
在你的两个时代之间
我的思想将生生死死
在樱桃树的烛台里
记忆的果实熄灭

当我的血液渗进山麓碎石
当我指甲的月亮升起
喜鹊的喧闹
白杨的渴望
不可获得的绿意
无懈可击的沉寂
就跟我过于远离

墙

我是墙之人
生活在墙内墙前墙后
从不曾舞出墙外
从不曾梦见我的路穿墙而过
哦,可怜的自我的泥瓦匠

在那里,摆脱鸟儿的思想,百岁老人
我进入光芒的荒野
在云朵的匆忙中
在河流的放纵中
我看见鸟儿好战的蓝天

我看见飓风的黄色
动物沉醉的迷幻
当自由的旋涡攫住我
我就踱步穿过我的墙
终于终于看见上帝

雨在碘的面具上面

雨在碘的面具上面
雨在钢琴上面
雨在众神的大理石雕像上面
睡莲早已开放在眼睛里面

太阳的雨滴并没歌唱又歌唱
让情绪的门槛怀孕
夜晚的洪水如酒神女祭司临近
淹死光芒和愉快的波浪

雨在那喉咙嘎嘎作响的时辰上面
雨在忧虑的大提琴上面
雨从众神的悲剧制造厂
投递那极度痛苦的面具

月桂之血渗透我的脉管

月桂之血渗透我的脉管
和雪松的根
毒害我发酵的心灵

石头不可救药的忧郁
在寂静的囚所
山峦在发烧
山谷那边

然而在绿宝石的眼里
成熟的海浪
已经在躁动

煤的面庞

我群山的煤的面庞

煤的面具

煤的鸟儿

在墓地呱呱鸣叫

展翅飞翔的煤的眼睛

煤的蝴蝶

煤的智慧

在古老颅骨的前额上

我睫毛上的煤的睡眠

煤的痛苦

在我的膝盖中

蔑视冬天和风暴

白煤的花朵

感受那要把

绿宝石逼出

冰川囚所的水域

曲颈瓶的蓝煤

沉默之云的

白煤

主动脉的红煤

而煤的酒精

唤醒死者

把众神唤向

新的太阳强光

三角牛

(第二稿)

三角牛在蓟草间抓扒地面
写在它双角之间的魔术
在传说的原野上来回走动

眼睛充血的寓言之兽
硝石的花朵已经上釉,僵直
芜菁地里一轮冷漠的月亮

黑色砂糖从它的唇边滴下
红色刺藜间的野猪叫声
芜菁地里陌生的汗

你这只我悔恨的多足之兽
在并不怀疑的魔术原野上
没有来自怀疑的灌木丛的鸟

复仇者的手已经在作罪
在静止的传说的原野上
黑血从它三角形的嘴里流下

我漫游一个夜的影子

我漫游一个夜的影子
越过月亮之海
泡沫的音乐是我的营养

一个人一副大脑

而在我群山的深处
白煤的风暴
在树上成熟

夜晚从你的心中

夜晚从你的心中饮下它的红花
它让道路蜿蜒回到
我们用来玩弄记忆的初吻

在我的脉动中,我抓牢记忆
它挣扎,就像一只比它从未忘记的爱
还要强壮的受惊之鸟

时间如绿色星星穿过你的眼而坠落
月亮的女儿,你为我照亮
世界的废墟

恐 惧

（第二稿）

那用毒浆果喂养的你的恐惧
很久以前就被森林创造在秋天的蛛网中
你在鱼池的眼里搜寻的恐惧
野兽眼里的绿色恐惧
当我的凝视让你颤动，把一阵阵闪电
猛然掷入时间古老的灌木丛中
你爱的是它，不是我

我为你建造了一座不可穿透的琢石城堡
石英高墙之内不再有回音
你在那里最远的镜中搜寻你的恐惧
让你的红发变得苍白
在我们的婚礼上，恐惧从玻璃杯中吐沫
你从白花上吸入了可怕的恐惧
如颤抖的鼠尾草，你听到我们小提琴中的预兆
我们笑声中的垂死者

宴会厅被刷白，清除了所有的影子

死者的化学

梦幻的曲颈瓶中
患热病的花朵
在黑暗的山坡上
长出黄色红色黄色
和致命的颠茄

血液在夜间的化学
动摇浸透泪水的
脓的花杯
你吞噬你消瘦的睡眠

受伤的墙边
你这病人缓慢呼吸
灰烬之鸟落到你的手上
在你脆弱的手指里
最后的日子粉碎

La Septième Rose

夜晚是我们粗糙的外壳

夜晚粗糙的外壳下面
两颗白色的杏仁。
我们的血液如月亮运转。

时间穿过你的眼睛漫步,
回忆如受惊的鸟儿
与时间的长爪搏斗。

群山不安的睡眠,
与一千张脸同眠
哪一张是你的脸?

湮没从深水中升起
真相在风中颤抖:
黎明前赶快把你的名字告诉我。

死亡的动植物

每粒黑麦
都孕育着死亡

每条面包都变成石头
被死亡消化

磨得锋利的草叶中
死亡吹响唢哨

烟雾中
它跳起寡妇欢快的舞蹈

当那些残月
还在冷却的指甲中生长

那被热爱的人
就枯萎于垂死者的眼里

明天她神圣的影像
早已遭到虫子亵渎

第二编
10000个黎明

La Septième Rose

秋 颂

为什么榆树早已
撕裂自己的衣物
在神志不清的恐惧中
四处甩动手臂？
夏天金色的平静
离开了它们。
狮子迷失在
灰白的草丛中，
幸福的蒲公英，
情侣的诺言，
早已被遗忘，
在冥界渐渐消亡。

那伟大的国王
陌生事物的认识者
森林之主
放弃跟云的
斗争，
用生锈的权杖
击中地面，
智慧的苹果

和王冠上
所有的珠宝都腐朽。

在沼泽沙沙作响的
忍冬植物中
惊骇的貂的胸膛怦怦乱跳。
池塘上
蜻蜓像精致的玻璃
裂成两半。

只有红胡子的
肯陶洛斯①
愉快地
跑下山冈,
蹄子迸出火花,
它们的火花
在青苔中微微发光。

树叶挣脱
那如同摇曳
而受伤之手的枝条:
它们在下面
为奄奄一息的众鸟

---

① 肯陶洛斯,希腊神话中的半人半马怪,又称"马人"。

la Septième Rose ———— .

构筑起一座铜的坟墓。

在鸟儿城堡的
废墟上
夜枭依然活着,
用硕大的眼睛
照亮未来。

公 牛

1

公牛突然冲出
它那
一个世纪之长的夜晚,
毫无愤怒或烦恼
迈着优雅的蹄
寻找牧场的凉意。
它擦刮泥土
重重践踏那始终
母亲般柔软、发绿的
黑暗泥土——

而泥土的回答充满敌意
又冷酷无情!
虽然白昼和太阳
在恐怖之夜后来临
然而光芒的怒吼
和一点生硬的红,
一点闪忽、腐蚀性的红,
恶意嘲笑它!

那模糊的黑色泥土在哪里？
它为了小小的三叶草而抓扒地面，
它需要温驯的花朵
它曾经常常用咯咯响的温暖舌头去诱惑它们
并上升到它那神一般的肉体中，
上升到它那秘密的王国中……

体育馆周围
长着一千颗头颅的人类怪物
对它尖叫，
牧场疯狂的祖先。
你在哪里，公牛之神，
那宣告群山与山谷
花朵与群星
野兽与季节的
法则的你在哪里？

金色的斗牛士跳舞，
一只巨大的蝴蝶
长着深红色的触须
和树莓色的翅膀
跳舞，像一片火苗跳舞，
摇晃，跪下，

几乎在乞求暴怒

那野兽般的暴怒。

2

公牛这笨重的巨人

无法理解这样的轻蔑

最终用头角

向右猛刺

向左猛刺

用双角猛然刺入

令人盲目的邪恶之光

蹒跚,咆哮

为正义而咆哮

它纯洁的血已经涌出

温暖的小便已经失禁。

长着一万张嘴的人头

你对那被迷惑的神嘶鸣的

究竟是什么?

你不曾对它祈祷

对那统治克里特岛①

指挥尼罗河水

而且是印度神圣的可爱的它祈祷?

当它已因为太多的苦难

---

① 克里特岛,希腊的第一大岛,位于地中海东部。

而沉重蹒跚，
当它还是孩子
玩耍草丛的时候，你就嘲笑它。

如今，它不再冲击邪恶
不再抓扒那气味惬意的泥土
随着光线如铁的阳光突现，它垂下脖子
跪下
乞求死亡
把冒烟的耳朵献给
征服的屠夫。

在每一只黑鸟中

在每一只黑鸟中
我爱你
在每一阵风中
我感到你的来临

我们心连心
站在冰山边缘
我们手牵手
惊动蒿丛中的蝎子

从斯特拉斯堡①的塔尖上
我们在傍晚嘴对着嘴
唱出一首歌

唉,在通往睡眠的孤独小径上
我跌绊
又淹死

---

① 斯特拉斯堡,法国东北部城市,大东部大区首府和下莱茵省省会。

不要呼唤死亡

不要呼唤死亡!
不要等待黑色的泥土
雕琢我们的脸。
永恒只在
你突然迸发的笑声中。
我不相信石头的沉默;
我相信重复你嗓音的夜莺,
模仿你散步的羚羊;
向日葵,那些爱之钟,
仅仅标注幸福的时辰。
在一个黄昏
众神本身渐渐妒忌
蜜和电构成的吻,
它比世纪中的世纪还要珍贵。

你的睡眠

你的睡眠是一颗合拢的杏子,

充满力量和生机的杏子,

这颗果实里面,并无不曾发生的事情!

你是巨梦的泥土

玫瑰色的小杏树从你心中长出来

哦,翁布里亚①幸福的乡间!

但人们的小屋在山冈上燃烧

他们的子孙将在复活节之前死去

裂纹的钟对着你的耳朵敲击

我听见它们,仿佛它们在海贝中

死亡的蜡烛透过你的太阳穴照耀

血液从你闭上的眼里流出

唉,当你睁开眼睛,

它们又会是什么颜色?

---

① 翁布里亚,意大利中部一大区。

一棵树梦见你

有一棵被囚禁在田野上的树
梦见你
它拉扯生锈的根
它抓紧青铜的鸟
它为了变轻而扔下叶片
现在看看吧,一个冬天的乞丐
梦见你

在我的骨笼中

如今,我能把头颅倚靠在何处
最好让它掉在地上
一个破损的橡胶球

我的笑容剥落
就像月亮之墙上
陈旧的粉刷物

我体内的北风
吹干一个黎明
所有要哭泣出来的泪水

在我的骨笼中
我的心像知更鸟,把自己
悬在第七根和第八根肋骨之间。

为什么夏天应该归来

让它成为大地上的十一月
因为你如此悲哀
让生病的月亮死去
让夜晚用它哀伤的树木
撕扯天空的窗帘——
我需要那嗓音呻吟的狗
我需要那雨水淋湿的墙,颤抖在
影子们害怕之处。

因为可怕的将是认为
柔软的玫瑰在某处开放
与儿童一样狂野的溪流
跃过青苔覆盖的山坡
燕子们欢愉
群星仍在闪耀……
那时,微笑离开了你的脸

永世离去

只有一堵墙把我们分开
而你
已永世离去。

一堵墙：印着花朵的纸
严酷的水泥
石头的沉默
没有灵魂的木条板
分开了我们的两个世界

遥远的夜里，你
已为我而迷失？
几步开外
你的心跳动：
啊，尽管我听见
仙后座的脉搏在外面跳动
我却再也听不见你的心跳

根据《传道书》[1]

（第二稿）

你的头发是火焰的山冈
奇异的电影在你的面庞后放映
你从斯芬克斯那里偷来了你的眼睛
你的鼻子是画着玫瑰的埃菲尔铁塔
你嘴唇的双舟在红海上舞蹈
你的牙齿比钢琴键还要整齐
当你哭泣，太阳就熄灭，
而当你微笑，新星就诞生。

---

[1] 《传道书》，《圣经·旧约》中的第一卷。

血玫瑰

冬天所有的树
都已经忘记了它们的名字和鸟儿,
在森林中乞丐般等待

一丛灌木挺立在风中
比所有其他灌木还瘦削,还可怜,
它的手臂更像是骨头

然而当我靠近
爱抚它的一根枝条
它就突然流血

这一大滴红血中
圆圆的玫瑰形成
那就是圣人和情侣流血的方式

La Septième Rose ———— ·

你在白昼永不会看见我

我知道：就像夜间骑手
我的头盔上有风暴之鸟
燃烧的玫瑰缠绕在我的额头
我有时闯入你的空间

我的呼吸散发田野的气味
树木对我的肩头低语
城市的电
在我眼里噼啪作响。

你的梦就是爱。
那就是你在白昼永不会看见我
身着花呢衣物的原因
我的双鬓已经花白。

复 活

在每一块死亡的面包下
在每一次死亡下,害虫已经
在蛀蚀和消化中死亡

死亡!泥土和石头中的死亡
在谷粒下面
一座孕育死亡的山

正午的太阳
比死刑犯还要瘦削
无力地掠过年轻的草丛
和燃烧的寡妇的磨难

半个月亮,在我的指甲中
最后一次升起!

夜晚是我们的衣服

（第一稿）

夜晚，圣水，在我们体内流动
圣夜圣水
平静地上涨，慢慢抬起我们
夜晚，我们体内的第三个躯体
它的心是钻石，那就是
我们内心闪耀的原因，我的爱人

夜晚是我们的衣服，它剥光我们；
它的毛皮是来自
内心丛林的黑白之兽，吮吸我们的血
不是黑血或红血，而是白血。
哦，我的爱人
在这群星之网中，我们多么赤裸！
我们的双重天使闪耀着磷光。

你思想的航程

千百万支铜与火的细箭
你的思想在你的皮肤下射出
射向一根被击倒而依然陌生的柱子

我,强壮的牧人,可以越过石路
把它们引向月亮的原野
我们记忆的火花就生存在那里

然而,它们将给自己找到
那垂在我肩上的水田芥凉爽的触摸
星星的茴芹

在我们两眼之间闪耀
从它们被放弃的领域
吸引寡居的天使队列。

La Septième Rose ─────── ·

真理的新元素

（第一稿）

我们的心慢慢围绕其真理的
新的神秘而合拢之际
我们的管理者，那些沉重得
恐惧的天使，突然对我们显得陌生

我们认识的天使变成了
好战的鸟。当我们搬动自己的
黄金之躯，他们就拖着沉重的翅膀
在缄默的天空之雨中显得灰白

我们的精神在《雅歌》①中突然亮起
像水晶岩燃烧一千次
我们秘密的生命被摘去面纱：
你灵魂中的蛋白石让我失明！

---

① 《雅歌》，全书中心是讲男女间爱情的欢悦和相思的忧苦。

给可怜的我的哀歌

你如何对待那你要囚禁在
你肉体之塔中的防火天使?
对于他,也许这五十种痛苦
在发霉的墙壁之间
建造的躯体太狭小
那火焰般的天使在栅条上
擦伤他歌唱的翅膀?

我不再爱你,我可怜的自我,
如此忙碌于你的尘埃
始终打扫你骨架的螺丝
从你的膝盖上擦掉尘埃
从你绿色的太阳穴上擦掉氧化物

陌生人,我不再爱你
你在快乐的鹳鸟
以V字形飞向寓言的时候睡觉
当蜂群给黄昏的狂喜加冕
我不再爱你,因为你
再也记不得天使的愉悦

白垩味在我的舌头上
自从紫色的翅膀着火
自从友谊的手
像十月的榆树之手干枯
显露出没有爱情的血脉

我孤独,我孤独于我的肉体之塔中
我张开无声的嘴
我闭上盲目的眼
我孤独,我孤独
因为天使遗弃了我

有时,饥饿把我赶出我的监狱
我去遇见那些衡量时间的人
那些出售金色之鱼的人
那些在钉上棺材时大笑的人
还有那些在蚂蚁的巴比伦①里的人
——让他们厌烦地自由地做梦

橄榄树脚下,溪流穿过白色的悬崖
瀑布般一级级落下
血液也在我肩胛的
废墟之间跌落而下

---

① 巴比伦,西亚古国,位于美索不达米亚平原。

有一天,当岩石不再变成沙子
当海洋从我的心中退却
那头发火红的天使将回来
分配正义

死亡的碾磨

在我存在的灰泥下
哦,致命的敌人,你已经让自己舒适
在我哺乳动物的睡眠下
哦,你已经永远属于我
我不可救药的新娘

可爱的碾磨女人,你转动
缓慢时辰的石头
你用欺骗的证据
碾磨我的骨头
你把我的词语
把我精神失常的玫瑰树
把我狂乱的眼睑
碾成风,碾成风
尘世的女人,你把它们溶解成
纯洁的泡沫,溶解成纯洁的虚无

我鼻毛的蛾子
几乎不曾振翅
在我的眼睛曾经镶饰黄金之处

在眼睑最后抽搐之后
有人会篡夺我的梦幻

我来自昨天的古老的膝
曾经在一篇祷文中
碾出了一个亚细亚
谁会用一粒沙子
把它裂开呢?

哦,白化的太阳的白色花园
早晨循环的苍白之血
锯子!蝉!锯子!
精神,蟾蜍的刨子,
我头发的白色刨花!

在我爆裂的眼里,桉树开花
龙舌兰撕开它的心
我死亡的白色庄稼成熟
因为明天,我的碾磨人,你必须
为生者的面包糅合面粉

秘密工作

在黎明与歌剧之间
我看见手渐渐衰老
我看见眼睛像树叶飘落
死亡
一直在工作

奈 拉

哦，奈拉
被黄昏载走
你开启
那通向我们
无数祖先的
群星长廊。

赤红的歌曲
从年轻的夜里
为释放被缚的民族
呈现而出。我们
将一起进入
灌木丛，听见

上帝古老的哭泣

呼救信号

越过海洋,我收到
你灵魂无声的召唤。
它就像神圣的电报抵达我心。
天顶上,鸟儿写下它,
我的窗上,雨水用密码滴滴答答发送它。
公园里,树木窃窃私语它……
我放弃所有事务,
诗人们交换结局,
太阳落下:
我来了。

我听见年轻藤蔓在生长

我听见年轻藤蔓在生长
我听见棕榈树微弱的气息
我的小屋周围
树林醒着
蓝色的香草没有睡觉
天空把巨大的耳朵
紧贴在大地上
等着倾听你的来临

La Septième Rose ——— •

如同黎明时的茴芹

如同黎明时的茴芹
我会充斥空气
因此你的骏马才可能
更快找到我孤独的路径

我将虚弱于那在
高高的火山上空
落入最初的风中的云

我将柔软于那为了
融入你的血液
而在你的牙齿间裂开的
绿色的阿月浑子[①]

---

① 阿月浑子，漆树科黄连木属小乔木，其果实即"开心果"。

我只不过希望成为

我只不过希望成为

你房子边的雪松

雪松上的粗枝

粗枝上的细枝

细枝上的叶子

叶子的影子

影子的波浪

那个影子在一秒间

就冷却你的眉头

在记忆的井边

在记忆的井边
我浇灌你的影子之花
我将死于它的芳香

我把你箭囊中的箭

我把你箭囊中的箭
换成银莲花

我拯救了胆怯的羚羊
当你击打它们
我就羡慕它们的目光

神庙一片白色

神庙一片白色
神祇一片白色
沉寂一片白色

然而在某处,一片黑暗的水
呼吸又祈祷

我的躯体一片白色
然而在某处,我黑暗的血
呼吸又祈祷

10000个黎明,我的天使,10000个黎明

10000个黎明,我的天使,10000个黎明。
10000个时代的太阳眼睛
再度来开启我们的眼睑。

10000个黎明对我们爱情的
这一夜。
你的头雕刻在我的怀里。
你头发的玫瑰园
燃烧着10000朵红玫瑰。

哦,多美的烟火!10000个波浪的嗓音——
有多少月亮经过
谵妄或悲伤
用积雪的狂喜来覆盖我们,

还有把眼睛借给我们的老人的狂喜
还有吃掉我们心灵的孩子的狂喜
在10000个爱情之梦里。

10000个黎明,我的天使,10000个黎明。

10000个充满鸟儿

及其歌声的蛋。

10000只太阳蛋黄

胜于补偿10000颗星星的

这种死亡。

第三编

拉克万腊哀歌

拉克万腊①哀歌

美利坚
　你河流的舌头因为渴望而燃烧
美利坚
　你群山中的煤因为阳光而疯狂
美利坚
　你红杉树的手臂需要暴雨的怜悯
美利坚美利坚

　　　你心灵的鼓
　　　吃掉自己的骨头
　　　你的时钟之眼
　　　为了寻找往昔而反向转动

印第安妇女在她那崩溃的海岬上
转向你，眼睛被沥青重压
她那水银和橘黄色的头微微收缩
她那细小的乳房裸露于咬啮的白蚁

　　　她在沙滩上绘画

---

① 拉克万腊，美国纽约州西部的城市。

　　　　夜晚擦掉的神谕
　　　　她用牙齿紧咬着一条响尾蛇
　　　　她驱除那紧锁在憎恨的
　　　　宗教会堂中的白色鬼魂

羽毛的战栗顺着脊骨的芦苇传递下来
搅动你那灰烬之躯的美利坚
一根刺藜卡在你暮色的眉头上
一根刺藜被播撒在大麻地里
一根刺藜被旋紧在你那舞者的脚跟中

美利坚，当心你那充满威胁的
克奇纳神[①]的往昔
因为愤怒而催熟它火焰般的苹果
在阿巴拉契亚山脉[②]的果园里
在女巫们涂色的沙漠里

在你生病的灵魂的玫瑰园里
大屠杀等待开始。

---

① 克奇纳神，北美印地安霍皮族人崇奉的雨神，相传为其祖先的神灵。
② 阿巴拉契亚山脉，美国东部的巨大山系。

la Septième Rose ———————·

水波永恒的自杀

美利坚,当心那插在你背脊上的鸡毛
印第安常春藤的绿色毒液
当心那镀镍之鸟的三角形
我听得见你的河在拍击它们的铜碗

你那充满水波永恒的自杀
与活着的万物的贻贝耳朵
美利坚,当心你的春天
美利坚,当心你的秋天

死去的肉体和野兽的死亡凝视,充满你的肉铺
你的槭糖伪装你的橡树的毒液
落基山中,印第安魔术的城堡崩溃
每一盎司铅都随着未来的巴力[①]而膨胀。

---

① 巴力,迦南宗教曾经的主神,太阳神,雷雨和丰饶之神。

水上舞台

美利坚,颅骨充满蚂蚁和红色的彗星
美利坚,你用咒符镇住我,生活在我内心
你的城市在记忆的沙丘上腐朽

对着你公路的飞镖停下!停下!
对着你气泵上的图腾标志停下!
——那气泵的乙醚和焦油的眼睛
在茴香酒的月亮下睁开又闭上

我告诉你,停下!未来骑在你的背上
印第安人那献祭的凝视
让爵士乐唱片倒退着旋转
美元的轮子,黄金的向日葵

美利坚!美利坚!停下!停下!
在水上舞台那燃烧的甲板上
向闪耀着粉红和蓝色之蛋的岸滩
展示河流老人的痛苦
一点怀旧让他的绿眼睛
在水的每个十字路口嘎嘎作响。

曼哈顿

你的太阳落入大海

一朵原子玫瑰,一只展翅飞翔的雉鸡

火苗的雉鸡,硫磺的雉鸡,流质死亡的雉鸡

黄金的美元坠落,坠落

在伯斯—宁录[1]塔楼和伍尔沃斯商店[2]之间

戴着铜头饰的印地安人倒下

红色脓肿和赎罪者

初生的脓肿,腐败血液的凝结剂

密封最近非正义行为的

绿蜡的唾沫。

所有这些塔楼都在夜里歌唱

这些矗立在软化的岩石上的斜塔

这些被黎明如水般震撼的门农石像[3]

死亡吹奏这些水泥的排箫

对着雷明顿[4]疯狂吵闹

---

[1] 伯斯—宁录,圣经故事中的人物。

[2] 伍尔沃斯商店,美国著名的百货零售商店。

[3] 门农石像,埃及的一处巨大石像,每到日出时会发出竖琴声,后经罗马皇帝修复后不再发声。

[4] 雷明顿,美国城市。

打字员莱拉手舞足蹈
两个雪球,两朵冬天的菊花
两只蜂蜜的手,两只螃蟹
在石头那海绵般的深处呼吸
那不可触摸者莱拉
在光芒洞穿的悬崖上舞蹈

河下隧道

你要从桥上过去吗
这经过锤炼的铁和思想的网状物
它的铆钉保持着宇宙结构的血液
要不你将越过永恒吗

从那恰好这样生锈的彩虹上过去
他怀着罪行辩护者的无畏
用"是"来与"否"打赌
将过去,将不会过去

你将走进那开启的门吗
走进那仅存哥特式拱廊
具有其圣人存在,具有其动物守夜的
七十七道悲剧之门吗

然而,我们只梦见自己的门
眼睛穿透树木,心灵注视上帝
从生命进入死亡,冷漠的
波浪上面,没有海关

我翅膀的金色云母

你将冲破那铁的蛛网吗

在鸭绒对抗岩石的战斗中

获胜者总是更温柔的一方

首先到达的是更缓慢的一方

赶快！挖掘你们的隧道，你们这些夜晚的司机

舞蹈，美丽的街车，空中飞人

在你空气的圆顶上，悬晃在一根火线上

在春天的紫外线中拼写出：拉克万腊

鸥鸟们拿起武器

从伊佩通加①到曼哈顿

只有一座桥

如果波浪饥饿于掏空了希望的虚空中

那它对于你来说是什么呢？

---

① 伊佩通加，纽约市的一个老地名，与下曼哈顿隔着东河相望。

La Septième Rose

桥

我在真理与谎言
存在与欲望
两岸之间的桥上
度过了我的生活
右岸和左岸
始终相爱

我走过了巴黎的新桥
佛罗伦萨的老桥
雪和雨之间的多瑙河桥
理智与疯狂之间的华盛顿桥
叹息桥
死者桥

时间的目击者
始终骑跨在空寂和危险上
拨开海绿色的罗盘之花
一片又一片波浪
一片又一片花瓣

当我从充满渴意和睡意的护墙上

探出身去
我的凝视就落在铅镜上
我那戈耳工①的脸倾覆
我的蛇发。

---

① 戈耳工,希腊神话中的三个蛇发女妖,其中以美杜莎最可怖,见其面貌者即被化为石头。

La Septième Rose ——————·

年轻的波浪

年轻的波浪,你的真理是什么?
年迈的波浪,你的遗忘是什么?
从波浪到波浪
我的日子被解开

失去的妹妹
波浪中的波浪
忧伤中的忧伤

我将握住你那如水的手?
我将触碰你那盐的眼睛?

那在你泡沫的翅膀上
让我的舞蹈的天平
我只有在你双手的平衡中
才能测量自己的现实

哦,我的波浪
我的妹妹,我的女儿,我的死亡
用你的一千片绿色的唇
讲述我需要的金色话语

如果我要持续到下一片波浪

那又是谁从远岸上呼唤我的名字呢?
洗衣女工漂洗出我的汗水
如同拍打着塔罗牌①拍打着水

洗涤我的枕头!把我的波浪之床还给我!
当你分发纸牌,把王后再次给我!
人们的神谕告诉我去做什么!

把我的日子还给我!
我不想一直溯流而上
走向我最初的啜泣。

---

① 塔罗牌,一种占卜用的纸牌。

la Septième Rose ──────── ·

一片波浪分开

当软体动物经历变化
芭蕾舞女演员姐妹就搅动泡沫的蜂箱
她们为了越过沉默而牵着手
闭上在世界末日聆听的伟大的耳朵

然而一片波浪分开
我的妹妹,我微小的时辰
她从时间的阶梯上朝我走下来
从大海的整个楼梯上走下来

我是那曾经探询暮色的乌鸦
和雌雄同体的软体动物的人
别问她的名字或跳舞的年龄
她最后的名字是顺从。

万物驶向死亡

我等待船只给我载来陌生的香料
唉,那奇迹般的柳条箱
仅仅装载着诡计之镜
和我那仍在憔悴中的恋人的断手

在我梦中行驶的纵帆船
真实于这些充满空寂
充满源于严酷之夜的焦炭
充满无法平息魔鬼的油的船壳

它们的水手侍候被斩首的国王
它们的船名冒犯最新法律
船的文件价值还不如昨天的报纸
就连鸥鸟也不会在那里排泄粪便

我一度能够了解万物驶向死亡
了解那徒劳地连系它们两端的桥
为了平息河流的黑暗力量
我把旧日子最后的金币掷向它们

渔夫将把耐心的鱼卖给我们

我们将在海关楼里付出所有后悔的什一税[①]
然而我们知道黄昏时吹响的号角
永不会把失去的妹妹还给我们。

---

① 什一税，旧时欧洲基督教会向居民征收的宗教捐税。

拉克万腊曼哈顿

拉克万腊曼哈顿
淹没在星海下的城市里
在造币厂的床上,滚珠轴承马达的守护神打盹

拂晓找到了
被谋杀在刺藜丛中的真理
他头发的红色冲击
有朝一日会引导反叛

不洁的血穿过城市的电缆而脉动
我们神庙的砖石形成于
那源于单乳的亚马逊女战士军队的月经

邪恶呈现出蔬菜形状
毛虫在黄褐色毛皮中
摧毁田园般的帕埃斯图姆①

在拉克万腊的郊区

---

① 帕埃斯图姆,意大利古城,原由希腊移民建于公元前6世纪,公元前273年沦为罗马殖民地,罗马帝国时期其为重要贸易港。

我将在鱼市赶集日归来

某个无肉的星期五

渔妇的三层裙子下面飘散着潮汐上涨的气味

水的翅膀

拉克万腊!船夫歌唱
拉克万腊在等待的白昼上
拉克万腊在怀孕的夜晚上

残酷的鸟出现在徒劳的水上
太阳的拐杖,比天食还要致命的
水的飞翔的翅膀

拉克万腊!垂死者歌唱
拉克万腊在空寂的心上
拉克万腊在干燥的唇上

有罪的鸟从无罪的云中盘旋而下
在期待光芒的尸体上
编织饥饿的冠冕

拉克万腊!船夫歌唱
拉克万腊在等待的白昼上
拉克万腊在怀孕的夜晚上。

La Septième Rose ——— .

运载子夜的贡多拉①

看吧,这飞沫的网被撕成碎片
这些翅膀被暴雨磨损
我的行为也如此,被不虔诚的大海及其鱼类吞没
我那冲上岸滩的心灵被鱼骨刺透

流浪的波浪说话
却又没说出什么
你提问而小提琴回答
你呼救,而他们给你送花

所有那些棚屋都充满空寂
这些吃掉鬼魂的人
在回归空寂之前
不得不等待将近的一刻

子夜的贡多拉驶过
隐藏着你黑色的音乐
有朝一日,我会知道我在你的行驶中
丧失了我的快乐,我的绝望。

---

① 贡多拉,意大利威尼斯的一种平底船。

流浪的鱼

暴雨之后,我为那流浪
和心碎的鱼争论不休
我用手指拈动红色耳轮
让鱼的愉快的精液喷发

为了延长生命,我购买一条死鱼
我用正午的油和知识煎炸它
我用天才的桂冠给它加冕
我如同吃掉长春花,一叶一叶吃掉它

然而,别问它那被痛苦塑造的嘴
它那绿色的唇为何依然苦涩
那黄金的波浪为何衰退
那纯净的水为何从土地中萎缩。

铅之渡

在我们的时代,人们在死去之前就死了
他们坐在装满空盒子的衣箱上
等待渡河之际
观察永恒的波浪舞蹈

往昔从他们的记忆中凋谢
歌曲,在他们的嘴唇上挨饿
那年轻的忍冬树热爱的
古代牧羊人的歌曲

当我们都死于铅之渡上
长着朱诺[①]之眼的山羊将继续出没于山冈
科林斯[②]郊区的黑色之酒
将重新点燃诗人的爱情

---

① 朱诺,古罗马神话中的主神朱庇特之妻,天后,婚姻女神。
② 科林斯,古希腊奴隶制城邦,位于伯罗奔尼撒半岛的东北部。

滨水区

然而小船像屠场中的动物
对着岸嚎叫
暮色的血液匆忙撤离房子
黑色的旗帜舔舐尖角的塔楼

船只承载一吨吨沉默
大地的一片永无时间燃烧的焦炭
一筐筐尚未成熟就采摘的果实
未品尝的幸福调料

码头装卸工大口喝下自己的汗
咀嚼苦难的黑色面包皮
暴雨偶尔给他们倾洒下来
自由的威士忌

腐烂的幻觉堆积在码头上
那将引发革命的疯狂的酒
黎明所有容易腐朽的货物
海关统统不予放行

厌恶的水手来到这里垂钓自己的青春

腐朽的爱情显露出她的金牙
然而波浪用一捧浪花
砸碎他们笔直的岩石

穷街陋巷里，愤怒凝结成小块
黄色的灯盏中，被诊治的新闻眨眼
一个人突然冲撞着跑下来
没有船票就跃上冥河①的渡船。

---

① 冥河，古希腊罗马神话中在地狱里的河流。

这些船把我们所有的沉默
载往何处?

这些船把我们所有的沉默载往何处?
它们将在哪里卸下我们子夜的焦炭?
我们的梦幻释放的金块?
它们将把它倾泻到海洋中
倾泻到暴雨的眼里?

我是那拖拽黑色邪恶的码头装卸工
罪恶的焦炭在他的背上
他的背在命运的重压之下弯曲
被他令人惊骇的体重压弯

我大口吞咽着自己的汗
我咀嚼苦难的面包壳皮
我得用致命的烈酒和死亡之根
酿成的烈酒冲洗这一切。

La Septième Rose ———— •

布鲁克林滨水区

一片片波浪搓洗纸牌,隐藏生活的秘密
它们在薄暮铸造厂伪造
那五分钟后就一文不值的假币

那外面,一个女人成为无瑕的黑色舞者
如果巨大的西方灵鸟不曾把她载走
在塑像脚下的玫瑰花坛边血迹斑斑
我本该爱她,我本该爱她

这一切都进入我的灵魂,与我的血相融
从我的眼球上怒目回敬
愤怒的太阳落在一个比木卫三[①]的云
更难把握的幽灵的心里。

我将再次看见你?明天我将看见你?
我的脖子上有什么新创伤?我的喉咙里
有几支更加微不足道的歌曲?

哦,那我并没煎炸的玉石青鱼!

---

① 木卫三,木星的第三颗卫星,太阳系中最大的卫星。

哦,那把我像垃圾一般倾倒在这里
在一个迎风喂养神秘气味的码头上
在矮人家庭生活的货栈旁的上帝的王子
他们耕种黑暗的方式,产生陌生的哲学
他们的众神是恐惧的产物
他们生活在黑暗的地窖中,这些甚至
失去了视觉器官的盲目矮人!

铅 河

在铅河的岸上
夜晚的工厂
转动沉默的发电机
把小妖精的翅膀当作人力

他们煮沸、碾磨、编织又压碎的
不是铜的麦子油或棉花
而是高保真的精炼厂
蒸馏的人类原料

海顿[①]的400度
乔伊斯的3000里
每个世纪,这家工厂都会推出五克真诚
来破解生活的秘密

原始音乐在大瓮中融化
本能在冰箱里保鲜
他们彻夜工作
直到黑鸟鸣叫
心灵合法关闭的时刻。

---

① 弗朗茨·约瑟夫·海顿(1732-1809),奥地利作曲家。

河流在夜间的工作

我观察河流在夜间的工作
无形之手的工作
在没有躯体的夜里,你只能看见戒指
只能听见拍打声

河流的精灵在讨论
在"悲哀组成公司"的码头上——
它们将输出这个大陆的群星?
它们将让鸟儿迁徙?

河流醒着,向可爱的夜晚致敬
雌性的夜间祖母和孩子
同时聪明又轻信,然而他们没有眼睑的巨眼
永远保守他们的秘密。

La Septième Rose ──────・

失落的港口

巨大的公路朝至高无上的爱膨胀
如同精疲力竭的肌腱收缩回来
心灵的大陆被击败
友谊的小客栈上,黑色常春藤
不再意味着什么

母亲们徒劳地与我同行
径直走向下面的城市港口
我要把丢失的女儿带回来
安慰雨的窗口
我要在海滩的鹅卵石间找到英雄的心

然而牢固的友谊工厂
用完了原始的真理
诗歌官员丢失了自己的档案
海关楼中,我开启我的沉默
他们没收了魔石

我只有一个离开去散步的理由
我剩下一片指向四面八方的花朵叶瓣

我的票

我在这里的孤独之线——

我们所有的旅程都停在那条线的末端。

到达河流

企及了河流的凉意
我把疲惫的影子扔给它
就像把如今守寡的衣箱——装满碎裂的恐惧
递给旅馆侍者

最终要清除
沉重的大衣、肉体和悲伤
最终要通过步行和离开
来接受所有的检疫

我把我充满轻蔑之沙的鞋
那柔软于压碎刺藜的羊毛的
牛皮条,那具有几乎是人类贞节的
道路的黄色牙齿,掷给河流

同时,那引导过盲人的
手杖的忠诚
发现自己再次被种植在
武器和死亡的土地上

开花,做梦
覆盖在树叶和风中
更新果园的仪式
和完成的柠檬。

La Septième Rose —————— .

离开吧,永恒的蛇

我绿色卷发的河,你不断离开
笼罩在你致命的音乐中
雾的流浪者,你不曾祝福我就离去
离开,离开吧,深不可测的河

那么永恒的蛇,下行,下行吧
当他们打破夜莺的复活节彩蛋
当歌曲的水流过他们的指缝
我的河,你就流走,你就永远流走

当他们在公共广场上种植
情侣用泪水浇灌的苦涩的草
在被践踏的小径上
搜寻昨天温和的脚印

当他们把神圣的骨头放在门阶上
那神圣的骨头,那忏悔的骨头
希望狼群会在夜里咬啮它
而不是咬啮他们的心

我黑色卷发的河,你总是离开
当晚餐的客人在桌布上留下恐惧的斑渍
他们就会找到遗忘的漂白剂
来干燥它们,洗掉它们

La Septième Rose ———— ·

拉克万腊哀歌

我们被催眠,观察河水逝过
我们探出身子
我们的影子在下面的深处摇曳
因为了解真理而踌躇

真理是河流用波浪
狂热的手所隐藏的一切
像一个衣兜里塞满罪恶
和黑暗的窃贼一样有罪

正如我们把自己日子的阴影
隐藏在锁上的柜子里
没复制备用钥匙就将其
扔进每日街道的漩涡

然后放在河岸上
在寡妇的野草和忧郁的衬衣里
我们发现自己迷失在思想中而伫立
观察我们最后的希望流出

我们观察自己的房子残骸漂过
我们让自己女儿的小手沉下去
清晰地凝视,我们不再稳定地听见
那被淹没的民族的叫喊。

东 河①

坐在沉默与河岸上
聆听淹死的教堂传来的钟声
在莱茵②的小镇里
玛丽的孩子成了祖母
在梦幻的空间里
看守松懈的坟墓
让死者逃走

因为死就是把自己分割于时间
把来自彼岸的最后一张票
扔给异己的波浪

东河的手
如同撕碎未写完的信
撕碎你白色的脸。

---

① 东河,在美国纽约。
② 莱茵,德国莱茵河西部地区,也指莱茵省。

最后的河

最后的河启程流向荒芜
它甚至没有承载最后一只船
它不是由水或血构成
它从泥土中密集地喷出

它犹如月亮之河死了
然而逻辑的月亮保持距离
比碘或氯更具防腐性
她拒绝触摸这条人类之河

一个大陆疲竭地流下去
社会的破帽在退潮中漩动
神圣家族那裂纹的厨柜
上帝看门犬的腐尸

影子启程,它们的手表停止运转
它们再也不会获悉准确的时间
漂浮在铅的水流上
它们甚至留下自己付过钱的墓碑。

la Septième Rose ——————— ·

怜悯之河

任由水流和回流摆布的奴隶
我们屈服于月亮的毒药
在白日的集市周围
建起的薄膜般的墙,在我们头上崩溃

那夺去我们寄存橱柜、心脏被撕出的
那些塔楼之门的河在哪里?
疯狂的波浪甚至消融了时间
时钟在水库边反向运转

橱窗中的鱼变得瘦骨嶙峋
第十三个梦的蓝色绶带褪色
湮灭之雨轻轻抚摸我们的头
死亡的束缚中,我们扔掉雨伞

所有的家庭街道都被突然吞没
那星期四会慢慢剥开时辰外壳的街道
那星期五会观看浪子回家的街道
那星期六会用糕点热切的气味驱除恐惧的街道

那星期一会把耐心的家庭作业布置给孤儿的街道

那星期二会被处女之血、征服者的牺牲品玷污的街道
那在恋爱之后的日子的古怪星期三
会用毒芹钉住无辜者的街道

祈祷和梦幻,反叛和理念,充斥泥淖
总有死在怜悯之河中的星期天。

La Septième Rose ———— .

你带我去吧

拉克万腊的水,你带我去吧
在永恒的床上与我结合
因为那么爱我而对我成形
缺少大漩涡的六头女妖
我的海螺壳,我的征服

我和你一起下去
我走向那下面赤裸的光辉
在善的水闸后面
走向那戴着秋天番红花冠冕的田野
和披挂着光芒甲胄的
暴雨的群山

巴尔米拉①的阳台,你带我去吧
曼哈顿的珍珠墙
接受被毒害的大理石和被染蓝的沙

---

① 巴尔米拉,叙利亚中部城市,位于叙利亚沙漠北部边缘的一个绿洲。

提尔①和鲍厄里大街②

因为每个喉咙都抑止最后一支歌

因为众神喜欢死亡的嘎嘎声。

---

① 提尔,北欧神话中的战神,众神之王奥丁的儿子。
② 鲍厄里大街,纽约一大街。

悬浮在拉克万腊上空的阳台

哦,巴格达的宫殿,哦,大马士革的棚屋
我想起你们的阳台悬浮在拉克万腊上空
你们一夜夜在黄金中明灭的灯盏
还有你们在正午前关闭的渔市

我看见你们的法老攀爬栏杆
瞬息间就丧失了一支军队
他们的尸体很快就在饮水时辰
独自恐怖地溅落在泥泞的河里

风的咳嗽中,古老的姓名归来
未完成的爱在芦苇间相互寻找
然而来自海关的狗绕着圈团团疯转
我们认为忠诚的人会来咬啮我们的骨头

沙的塑像

盐的塑像,沙的塑像:现在我们可以走了
我们把血溅洒在未来的阶梯上
我们把一小支口红放在永恒上
因为那样我们被释放
因为那样我们的母亲要分娩我们

既然波浪用链条把我们束缚在
它那毫无意义的圆环之中
它那鲱鱼的狂乱
和它那深处平稳的安宁之中

既然灼热和寒冷的风
与不平等的手臂搏斗
死亡和永恒之间的这种斗争
透过我们顶楼薄薄的窗玻璃
我们既不理解名字

也不理解号码而观察
我们仅仅记录打击
骰子的投掷、刀的戳刺
三个黑孔、七个白孔、一个红孔
就是那样,那就是死亡。

La Septième Rose ———— .

鸣响的航标

然而太阳之酒映红大多数
天真鸥鸟在岬角上的盛宴之后
真理的眼睛突然就闭上

棉花的雾霭流下我们的嘴唇
夜晚的秘密流下我们的心灵
饮料冲击的头颅的航标鸣响

灾难的喇叭
自由的羊角号
在水上鸣响,在水道中鸣响

腾空你的牲畜围场
海牛,梦幻之船
汽船上响起劳动的女人的哭喊

拖船对喝醉的畜群吠叫
该握住手了:七大洋的兄弟
杀死蛇发女怪的孤独之后

——切开它那些毒蛇的喉咙

该手挽着手相互引导了

也该点燃雾霭的灯油了

呼唤戴着陷阱网眼面纱的帕洛玛[①]

在我们心灵的黑暗中

击发这黄色火花。

---

① 帕洛玛,女性名字。

沿岸的窗户

然而这条海岸上有多少窗户
仍有可以哭泣的眼睛
或可以燃起黄昏之火的
窗玻璃

这些窗户曾经像橘子
膨胀着饱满的爱情
光芒的蜜蜂在枪眼里闪忽之处
净化的蜜蜂
在搜寻母亲的心灵之蜜

石头并不忠诚,它消除你的脸
它孵出的太阳将宣布你的死亡

不要再次变成帕埃斯图姆
或鲍厄里大街的雾
那市镇厅的大钟
再也不能对子夜数点
一个个时代的锈色之雾

然而你试图不停地弹奏

布鲁克林大桥的铁竖琴

在它红色之铅的夏天

一个又一个黎明

把戴着手套的手浸入水中。

La Septième Rose ——————·

波浪的合拢

那古老的炼丹药旅馆
怎样伫立在这新的太阳下
在永恒的姿势中
它们的窗玻璃吃着杏黄色的光芒

水波合拢前的最后一餐
废墟躺着
每块肿瘤都吸引绿色苍蝇
它艳绿色的紧身胸衣，它最卑鄙的食欲

每个肉体腐败而梦见水的人
因为它的力气来临
而把那摸索的淡水鳌虾
带回到往昔

医院窗户遮盖他的癌症
好于一个女人的眼睛
她那不可救药的孤独

废墟是我们自然停止处
指甲下面的废墟，牙齿里面的废墟。

安 拉

打开通向痛苦那边的门
用桃花心木笛抚慰我们的伤口
让天使分心,让他转身离开我们
把群狼赶回它们的沙漠
我们相信你无所不能

玫瑰之血覆盖富人的墙
小小的喷泉,对上帝歌唱
升起希望的白色元音
和那可以溶化死亡的珍珠
在说话的水里,断断续续,喋喋不休。

秃　鹰

秃鹰！秃鹰！悲剧的海岸鸣叫
用你的烟雾包围太阳！
用你的羽毛创伤大地！

从那在我面庞发霉的大理石上
笑声的光泽已经在崩溃
赫拉克利特①式的怀疑也如此

  哦，树巢上坠下的古老生物
  你将从神祇死去的肉体中畅饮
  第一杯光芒
  即使你鄙视草莓之血
  和玫瑰之酒

可怜的破布沿着所有时代而曳行
罪恶的证明在你的翅膀下面
大地那没有充分污秽的手
来清洁我的颈骨

---

① 赫拉克利特，古希腊哲学家。

因此飞下来吧！投入我爱的肉体中
我得到了红宝石脓肿，令人作呕的蓝宝石
每块淋巴瘤里
我睾丸的星星般的乳汁
将喂养你！我最后的伴侣！

秃鹰！秃鹰！悲剧的生物鸣叫
我的心也如同无花果成熟、裂开。

La Septième Rose ——————

钉在十字架上的泳者

我们从一个日子生活到另一个日子
从一首歌生活到另一首歌
玫瑰的血滴
在我们的破帽上
指明我们的生活带领我们前行

我的河流,你依然滚滚流走
万物随你而去
我的格拉纳达①阳台,我的雅典风塔
我的爱,我的面具
万物驶向黄金港湾
——死神在那里等待我们完成他死亡的梦

我是身穿貂皮的国王,身披雾霭的流浪汉
在你隐匿的岸上
我倾倒白葡萄酒,我掰开祝福的日子的
黑面包
然而属于我的只有虚无

---

① 格拉纳达,西班牙南部安达卢西亚地区的古城。

属于我的只有虚无:没有我土地上的草
没有我骨头的树
没有我煎炸其肌肉的永恒的公牛
然而我统治,我大笑
像钉在十字架上的泳者取代你的水

然后离开吧,我那笼罩在黑色音乐中
深不可测的河流。

第四编
来自土星的果实

原子哀歌

——给卢卡斯·福斯[①]

1

因此普罗米修斯的火花
回归它那无遮的泉水

圣果在沥青铀矿的果园中生长
甜蜜的原子在它胎儿的中心
分裂成命运那孪生的生与死

愤怒的高频
迫使岩石如油奔流
迫使钢沸腾成蒸气

原子的神
随心所欲地轰击我的心灵
用你真理的中子
把我的眼睛变成氦的黄色星星
我以鸽子的智慧
暗中接受我的死亡与复活

---

① 卢卡斯·福斯(1922—2009),美国作曲家、钢琴演奏家。

2

光线的光线击碎我精神失常的灵魂
用并无人性的活力喂养我

哦，变幻无常的摇篮中的新生
哦，泥土那暗藏旧伤的大腿的死亡节日
开启同一中心的爱情之锁

科学之树土星的开花
强化真正的三位一体

来自古老世纪的精神玫瑰
车轮世界中大师的车轮
这朵玫瑰是光芒

这朵玫瑰浑圆
犹如宇宙的玫瑰
犹如我那隐藏所有眼睛的眼睛
圆得就像露珠
圆得就像我的头颅
百万颗原子的星星在里面成熟

3

开始时是词语
开始时是数字

词语:七千个劳作之夜
穿过那些夜晚出来的最初元素
卡巴尔①复合成上帝的七十个名字

词语:出自记忆之煤的
《迷途指津》②

倾进精神之炉的
元素的元素

哦,献给枯萎之星的音乐
献给怀孕之锣的谵妄
出自我那代数的梦幻
古老的恐惧
舞蹈:我可爱的原子
让钒钾铀矿变形

---

① 卡巴尔,即亚伯拉罕·阿布拉菲亚,生于公元1240年,自称"拉齐埃尔"。
② 《迷途指津》,犹太法学家、哲学家、科学家迈蒙尼德的著作。

4

神圣的外衣覆盖我那被哄骗的大腿
——它们倚靠着神圣野兽和疯狂天使

那十个数字从亚当的前额上突然出现
萨菲罗斯①球形的果实
就变成他冠冕的标志

密码：斯芬克斯的出生地
纪念胎儿时期的黎明

经过德尔斐②的三脚凳和大教堂圆顶
毕达哥拉斯那运转的和谐
经过布鲁诺的大柴堆和爱因斯坦的时间

驾驭着车轮
那十个再次存在于甜蜜的铀235中
七色天空
从垂死的自我中迸发而出
无限的时空被强奸在阿拉莫哥多③

---

① 萨菲罗斯，犹太教神秘哲学"卡巴拉"中的十个原质。
② 德尔斐，古希腊城市。
③ 阿拉莫哥多，美国新墨西哥州南部城市，世界上第一颗原子弹在距离其96公里的特里尼蒂发射场试爆。

5

物质和发射的人:伊本·阿拉比[1]
上帝包含我们,我们包含上帝:圣特蕾莎[2]
个体包含全体,全体包含个体:圣索西穆斯[3]

沉思的古代岩石
如今与雪绒花的活力一起开采

可爱的分子
径直穿过我的心
从往昔射入未来

在我那有排孔的颅骨上,蓝色气体的球体
骤然虚空
虚空得就像一颗充满原子的锈铆钉
承受着上帝的尸体

而人类孤独又孤独

---

[1] 伊本·阿拉比(1165—1240),神秘主义哲学家。
[2] 圣特蕾莎(1515—1582),16世纪西班牙最具传奇色彩的女性之一,去世后被罗马教廷加封为圣徒。
[3] 圣索西穆斯,希腊籍教皇。

魔 圈

——给阿兰·博斯凯[①]

困在我星星的圈子里
就像蝎子困在粉笔圈里
随着我心里转动的车轮
和碾磨时间的宇宙磨轮而转动

困在白羊座的圈子里
白羊座的头角孕育秘密的嗓音
可感,而又从不被察觉

于是怎样逃避那在夜晚的石英里鸣响的锣
逃避有那与自己影子重聚的公牛的竞技场
什么也行不通:黄道带的赌场管理人
旋转祷文陀螺的托钵僧

莉莉丝[②],透过你蓝色的眼睛,犹如透过蔚蓝之环
我尝试死亡的跳跃
我下降到你的血液里

[①] 阿兰·博斯凯(1919-1998),法国著名诗人。
[②] 莉莉丝,亚当的前妻,后变成荒野女鬼。

La Septième Rose ———— ·

下降到那很多个世纪都不曾有地板的楼梯
除非我爬上那末端燃烧着
天使羽毛的火焰之梯

哦,去打破一个圈子!

我不是黎明时在山上歌唱的门农①
那说话的柱子?

我建造塔楼
垂直的我:为自我竖起的沙之纪念碑
比灯芯草枯萎得还快

我这金字塔建筑者,把一只昆虫木乃伊埋进坟墓
我生活在银莲花的五角星印中的雪的六角形里

我测量那正方形骰子
那在象牙的睡眠中
没有眼睑的睡眠中关押天使的堡垒

唉,我骰子的魔鬼
用他的二十一只黑眼睛穿透我
鸟儿的海蛇的湖泊的眼睛

---

① 门农,这里指门农石像。

对我的飞翔猛掷套索
眼睛睁开眼睛闭上金色的小灯塔
秃鹰的旋转螺旋菌的螺旋
画出我死亡的那个六字形

然而那老人在我的内心吟唱：

"这条不曾打搅彗星花束的
飞翔的辉煌之龙是谁？
然而一只甲虫在他的牙齿间
阻止宇宙的时钟？
这只在雷霆击倒的树上下蛋
其雏鸟畅饮新月的鹰是谁？
这个在车轮边缘爬山又掉进
自己坟墓的缝隙中的奔跑者是谁？"

没有人期待回答
涡形的风吹起我们的记忆

我拿着磨损的钥匙尽力开启那圈子的锁
我把字母表的锚抛进湮灭之境
我让词语扎根在我额头的垄沟里
我护理魔幻的玫瑰园
风的玫瑰沙的玫瑰

我的母亲让她的泪水在铜器中沸腾
我的父亲把他的后代置于危急关头

当我潜入镜子之际
一千个圈子就分散到世界的边界上
我迎娶那戴着具有鞭笞天食之能量的
土星的蓝宝石手镯的女神

方位角！轮回！停止！
毒蛇：放开你的尾巴
我用我的眼睑让你停歇
太阳之眼或蛙卵
蝎子仍在粉笔圈里杀死自己

莉莉丝

1

极端世界的鸟形女人
你眼睛的大陵五星①
高度疯狂运转

隐蔽子宫的鹰隼孵化的女儿
因为长满虱子的翅膀而高贵
所有爱情的诅咒
倾听云朵的呼唤
最终一片金色羽毛
重重落到空寂的沙滩上

哦,两性同体的莉莉丝
双倍芳香的呼吸和乳房
双引擎的天使
在一场马拉松的反向舞蹈中
随着那谁也不熟悉的尾曲
被一根图腾柱引导

---

① 大陵五星,英仙座恒星。

比著名的药草还聪明
比眼睛发光的石华①还聪明

双嘴的兰花
蜂鸟的坟墓
思想的锚地

同时物质哭泣
一种新性别从虚无边缘呼唤

珍珠为了理念的舞蹈
在太古的赤裸中
脱去一层又一层皮

哦,宇宙的孤独
无限的欲望
孕育死亡之鸟

2

回归:哦,美丽的骑手
骑跨在风的战马上

---

① 石华,一种矿物。

让你冲击者的蹄

从我心灵的迷幻中点燃群星

归去，从母亲那里释放儿子

母亲们严肃地坐在往昔的圆形露天剧场

悲哀的群山

把时间系在自己枯萎的乳房上

观看年轻公牛在白日竞技场

被暴露给死亡法则

阳光和阴影

被暴露给光芒的匕首

和死亡圈子中

影子的面纱

哦，女族长

从你的乳房上：太阳和月亮

剧烈搅拌两个原则

乳汁和酒

力量和弱点

来自肉体的永远新颖的自由

始终不断衰老的上帝

昆虫外壳最终存留
在对绝对事物的祈祷中
关闭它双腿的罗盘

拉齐埃尔[①]

——给库尔特·塞利格曼[②]

1

凭借着无情牺牲的
无瑕词语的恩赐

尽管什一税毫无人性
没有赎回安全的笑声

词语原始得就像雪
确凿得就像一滴雨

拉齐埃尔怀着他那信天翁的心
升向孤独的领域

转移了东方的山峦
迟迟才找到安息之河
他背靠在子夜上面

[①] 拉齐埃尔,即卡巴尔,他自称"拉齐埃尔"。
[②] 库尔特·塞利格曼(1900—1962),生于瑞士的美国超现实主义画家、雕塑家。

2

抽象的精神失常的国王
在现实的沙漠里

通过声音炼金术
重新创造万象

用词语的根和树木的根
从大地上榨取智慧

姐妹的高架桥
从沉默中朝预言拱起

词语：无限时空的布匹
围绕思想的蓝天斗篷
超越心醉神迷，超越死亡

3

穿过七千个子夜
写作《预兆之书》

一成不变的拉齐埃尔坐着
建造歌唱的城市

为了找到上帝的七十个名字
而铸造字母表和魔术的钥匙

在辛①的柱廊下
在达莱思②的金色屋顶下

无情牺牲
因为他比那些孩子流血还多
伊菲格涅亚③羽蛇神④

4

他最终听见被河流歌唱
被狮子咆哮的名字

他发现那个名字在蓝宝石深处
在困乏的红宝石的血球计数中

在瀑布的恐惧中
在蝴蝶的几何中

---

① 辛,希伯莱语的第二十二个字母,有"牙齿"之意。
② 达莱思,希伯莱语的第四个字母,有"门"之意。
③ 伊菲格涅亚,希腊神话中迈锡尼王阿伽门农之女,被她的父亲献祭给女神阿耳忒弥斯,后被女神赦免,担任女神的祭司。
④ 羽蛇神,古代墨西哥阿兹特克人所崇拜的重要神祇。

在古老冰川的乳房前
在倒塌的神庙边的公羊角中

燃烧的名字从大地升起
从花朵的轮纹，从幽灵般的号角中升起
在死亡的高峰时刻升起

桃子挽歌

——给肯尼斯·帕钦[①]

1

桃子星系的球体
正午帝国的君主

产生它为爱情的运转
而制定的能量

果实被阻止在树上
却如少女独立的绿色乳房

即使在护树神女的眼里
纯洁也久久不可触及

直至缓慢的知识随着黎明的笑语
鹧鸪的启程而生长

（记得你还是芭蕾舞全盛时期的
那个早期舞蹈者的时候吗？）

---

① 肯尼斯·帕钦（1911—1972），美国诗人，作者的友人。

2

发光的肉体

被圆月催熟

覆盖在羊毛般的雾霭动物丝绸中

哦,摆脱了闪耀,摆脱了恶化

如疼痛的肉体,如流浪的妓女肉体

燃烧着美丽的创伤

如燃烧的康乃馨花园

它下面有隐藏的法则

和内部的山峦

它下面有永恒的车间

熔合岩石大奖章的熔炉

水泥堡垒

保持杏树的贞洁

远离结局

哦,美妙的腐朽之星

3

我用现金购买桃子和神秘果园

支付德拉克马①卢布法郎美元金镑

我拥有山谷的梦幻
阿拉伯王后的露台

在桃子仿造朱诺的乳房的奥林匹斯山坡
我也购买被母亲过早卖掉的达尔马提亚②少女

犹太的血催甜的罗马尼亚的果实
来自洛林③的钉死在十字架上的花木架
埋藏着炸药的葡萄园

处女们早早就被玷污

宇宙的脉管大出血

我购买、我吃掉黎明的紫色肉体

把它们坚硬无比的心
扔回给古老的大地
那纯粹的弃物

---

① 德拉克马,现代希腊货币单位。
② 达尔马提亚,克罗地亚一地区,临亚德里亚海。
③ 洛林,法国东北部大区,旧时为一省。

La Septième Rose —————— ·

眼睛的眼睛

——给克莱尔

奔跑者骑着独轮车围绕我的自我
要超越经验丰富的祖先的引导

起初是在朝这死亡的冲刺中
驾驭车轮的车轮

要赢得围绕虚无的零的竞赛
反对物质上帝的思想竞赛

在宇宙风暴的漩涡里
喂养着新的月亮
和古老的太阳

当时间的四轮战车
沿着被驯服的地平线而滚动

丁香边缘就会收缩成
人类发光的眼睛？

铆接在额头下的眼睛

我自己的眼睛多么怕我

庄严的仙女从深沉的记忆中
显现到我的脸流质的表面
露出湖泊那大胆的眼神

随着来自无限时空后面
凝视之镜的命令

当心那猫头鹰的磁体
南十字星的力量

疯狂和预感
在公牛眼里跟斗牛士的血酿在一起

我把罪孽的石头扔进这只眼睛
百万个环圈把我包围在我的命运中

我被我的圈子包围
徒劳地攥紧祈祷的珠子
徒劳地抛下轮盘赌的骰子

然而让我驾驭幸运最灿烂的车轮
在造物那无比的眼里

La Septième Rose ─────── ·

狄安娜①的蓝色轮盘，雉鸡和海蛇的黑色轮盘
或蛤蟆的金色弧线

从一只昆虫的眼里
磷火的裁决的确可能闪忽

哦，星云的葡萄，苦甜交加的酒
赎回本土黑麦地的露珠

把所有反对时间的疯狂的钟
把童年的铁环
王冠和情侣的戒指
都鞭笞到湮灭的垃圾堆里

还有玫瑰的日晷
萨迪②的玫瑰
所有圣母玛利亚的玫瑰
被唯一的爱驱使
旋转又旋转

直到中心的原子分裂
让我的眼睛成为所有星球的太阳

---

① 狄安娜，罗马神话中的月亮和狩猎女神。
② 萨迪（1208—1291），波斯诗人，著有《果园》《蔷薇园》等作品。

第五编
梦幻野草

La Septième Rose

金盏花的扩张

暴雨如同

亚马孙女战士①的媚眼

充满铬合金的情欲

怀孕的金盏花

从古代的水塘升起

扩张

众神的孤独

云雀的笑语让我战栗

---

① 亚马孙女战士,古希腊英勇善战的女性族群,在荷马史诗中曾有描述。

猎　犬

我心上的猎犬
在我苦难的郊区
守护我的火焰
以我苦涩的肾为食

用你舌头那湿漉漉的火苗
舔食我汗水中的盐
我死亡的砂糖

我肉体中的猎犬
找回那些逃离我的梦幻
冲着白色的幽灵吠叫
把我所有的瞪羚
都赶回畜栏

还咬住我逃走的天使的脚踝

盐与磷

但愿我眼里的盐
不再担忧!
谁会在我心灵的矿坑中
回收铁呢?

我所有的金属
都在记忆中瓦解
纯粹的磷
在我的脑海中愤怒

我从我手指上挥舞的玛瑙
等待群星的帮助

迷 宫

在石膏的花园中
在溴的沼泽地中
垂死者流浪在快散架的高跷
和摇摇欲坠的骨头上

火苗仍在东南的颅骨中闪忽
一朵高贵的花
冻结在迸裂的胸腔里

谁能听见他们太阳穴中的鸟儿?
他们疲倦之脚里的蜥蜴?

那些匆匆穿过生活与那些慢慢死去的人
怎样不断攀登
虚幻的睡眠的绳索!

如今这庄严之夜的冬天来临
白色的醚围绕它颤抖的头发
编织冠冕

老 人

你们康乃馨一般洁白的肉体
以骨瘦如柴的鸟儿为生
因而着火燃烧

你们这些老人,在移动的风中
更为缓慢地歌唱
让太阳崩溃在
你们的手指之间

蓝色羽毛的睡眠
有死亡的牙齿
和石灰的嗓音

阿拉萨姆

阿拉萨姆
在我颅骨的空洞中
未曾垂下的泪

从这里面长出
一代代漫长的后来人
一棵梦幻野草
夜晚一般发黄,谋杀一般蜡黄

蜜蜂不曾注意的
独一无二的花朵

乡村路

穿过乡间的路
点缀着碧玉和钻石
穷人的路
占有者脖子上的套索
从何处到何处
在你戴着尘埃白色的长头巾
从何处到何处
我的影子,你在匆匆而行?

栗色的手

那栗色的手抓住我受惊的手
一只布满栗色老茧的八指之手
七天之前,它好不容易才形成
暴露给每只鸟儿的恐惧
我那五十岁的手柔软而白皙
是的,一只谋杀和扼杀过初升的笑容
和杂色的犬蔷薇①的肉手
这只法官的手突然想从我手中要什么?
我那人类的手冻结
又衰退

---

① 犬蔷薇,欧洲的一种野生蔷薇。

内心的树

那喝醉酒的
我的岁月醉死的树
带着果实和根须
带着手和太阳
热切地长出我的头脑
敏捷而谨慎之兽

彗星在牧场上
开花之际
土星的光芒就在
金色的蛙眼里闪烁

时 间

沉重之水的搬运者,

穿着高高围裙的女人,

沿着死者的街道下行。

盛满时间的水罐

在她们的头上摇晃。

收获未采摘的水滴,

在下行路上成熟的水滴,

瀑布,河流,雾霭,蒸气和泪水,

神秘得浓稠的水滴

充满贫乏的时间,

影子搬运者,

戴着面纱而消失,

永恒的无限。

La Septième Rose ———— ·

这神圣的躯体

这座建造在沙上
摇晃的骨头房子
给我的祖先寄宿

他们从我的眼里
沿着我走过的所有道路前行
我的脾脏是他们的厨房
他们在那里用脂肪和血液来烹调

我的母亲依然睡在废墟的壁龛里
老人吐出的烟草烟雾依附于她的喉咙

我神圣的躯体!
牺牲的动物在我内心深处咆哮
牛腰背肉每周六都会发出恶臭

我的嘴巴依然贮藏着
世纪一般长久的魔术
我听到我耳里有鸣响和歌唱
没有听见上帝

火竖琴

燃烧的野蔷薇
内心深处变化的起源

我那不合时宜的痛苦的
火竖琴

我欲望的烟雾般的重量
反叛的粗劣余烬

我的大教堂的玫瑰枯萎
这个大地的防火天使

煤渣的渡鸦
吞食遗忘的残渣

所有野火之父
保佑你的火焰之子

痛苦的鼓风炉

痛苦的鼓风炉中
熔炼着什么矿石?
脓的仆人
狂热的保姆
它们没有回答

所有肉体的白班
夜班
伤口与火焰
在硝石的花园
和燃烧的玫瑰田野上怒放

夜晚的悬崖上
我的恐惧的日光兰

矿石之主在我们心灵中
酝酿什么?叫喊
一个黑暗的躯体发出的人类叫喊
那躯体犹如一把神圣的匕首
猛刺我们死者的太阳

太平间

在睡眠的冰里
睡者摆脱了所有的根
徘徊流浪

流浪,因此他才
不必重归
这尘世的小客栈

然而,在他肉体的峡谷中
一朵古老的树生火焰
继续悄悄成熟

煤的岁月

在我煤的岁月中
我的鸟眼剥落
与夜晚的曲线结盟
它凝视又凝视
猎户星座余烬中的锡之心

哦,煤,我哀悼的头颅
从衰老和形成的森林中升起
我的太阳穴从岩石中被释放
我血液的七块棱镜
在一颗钻石的冰川里发光

玫瑰领域

月亮玫瑰

在野兽的头颅中燃烧

大脑玫瑰

从颅骨上剥下来

哦,脾气暴躁的玫瑰

只要玫瑰之轮

转动又转动

正午的《玫瑰经》①

就在发烧的土地上胡言乱语

玫瑰眼睛就钻进

我醒着的睡眠

然而,悲哀的是如果非玫瑰

从金属中上升

我的玫瑰手

对着太阳玫瑰就升起

沙玫瑰就凋谢

---

① 《玫瑰经》,敬礼圣母玛利亚的祷文。

哦,玫瑰,那为没有玫瑰者
而独自光彩照人的玫瑰中的玫瑰

大 地

把你自己猛掷在大地上
听见你心中的马蹄声

在大地上嘚嘚响起
血液的恐惧迸发到你的大脑里

在大地上挖掘
腐烂的块菌对你露出生殖器

亲吻大地
害虫爬满你的手和嘴

约 伯[①]

1

月亮的斧子
陷入我的骨髓

因此我的雪松
明天才会挡道
阻拦燃烧的马

我血液的老狮子
为瞪羚而徒劳地咆哮
我的头脑中
虫蛀的骨头腐朽

异化的心
悬在我胸腔里
磷光闪烁

[①] 约伯,游牧部落的酋长,财产丰厚,为人正真、敬虔、慈善。

2

吞噬我吧,灰白的生石灰
溶解我吧,年轻的盐
死亡是欢乐

用碘而点燃的
那条死海里的鱼
依然喂养我

在我的沸腾中
我培育死亡之春的
玫瑰

七十个谷仓被焚毁!
七十个子孙腐朽崩溃!
贫穷的慷慨赠予

来自亚洲沙漠的
最后一棵橄榄树
是我的骨架

我为什么还活着?
为了对你自己证明你
哦,无常的神

3

你说最后一棵橄榄树?
然而金色的土壤
从我学会了怎样祝福的
枝条上滴落下来

在我眼睛的温室里
热带的太阳变得灼热

大理石中,我根须的脚迅速移动

哦,听吧,以色列
我是那萌生甘露的树
我是那写满燃烧字母的
火焰之书

我是三臂枝形烛台
被那露出七色凝视的
聪颖之鸟占据

南 方

南风在我的脊椎里嘎嘎作响
我胸腔中的一道门猛然开启
然而在所有的门中,它究竟是哪一道?
告诉我它是哪一道,我才能逃离自己

南方,兄弟般的南方
从我的眉头掠过疑问
融化这个孤独者
摆脱伤心的冰川

海洋之歌

一头灰发的姐妹波浪
那从不硬化和流连之盐的波浪
在你们千万的波浪中只有一片
用她命定的手臂拥抱我
只有一片会帮助我支撑我的头颅
我们一起倒下
从时间的海洋
那不灭的阶梯滚下来
滚向那顺从的柱子

雪的面具

雪在夜晚上面
给我的死亡罩上面具。

雪的笑声洁白
它把我的影子
变成一件狂欢的睡袍。

金三角的风暴
突然从转折点
抬起鸣响的城市。

在千年之光里
时间之塔
摆脱它们的锚

雪在夜晚上面
让我的面庞真实

La Septième Rose ─────・

在樟树的田野上

在樟树的田野上,你最终到家了
在碘的沼泽中,你让自己畅饮,变得年轻
根须的褐色烈酒
比太阳的大杯还要滋养你

一支火炬燃起,闪忽在你眼睛的油里
一片火苗用手鼓和长笛创造音乐
你祖先的骨头
在腐朽的节日跳舞

那朵千年一开的
高贵黄花
从你的胸廓中慢慢展开

太阳大合唱

那多臂之神为我们跳舞
那火焰头发的酋长沉思歌唱
　　光芒的鼓和大海的竖琴回响
　　对他——那奇妙的人致意

你从哪一棵火焰之树上落下
哦，那消耗自己种子的果实
　　我用无意的双手接收
　　磷火的寂静燃烧

那原始大脑栖居在外壳里的坚果
那被自己的愉悦欺骗的赤裸坚果
　　在自我崇拜的疯狂法则中
　　一次又一次产生自己

然而煤矿那未诞生的太阳
还有傍晚烟雾已经被消耗的太阳
　　我为你持续不断的夜晚
　　捆上蓝色太阳的花束

La Septième Rose ——————·

急躁的钝齿轮锯开正午
向日葵在伫立的睡眠中渐渐疲倦
　　杏子从我们的眼里坠落
　　桃子如同流星陨落

哦，太阳！残酷对待你的种子！
把你的死亡之卵产在我们的耳朵里！
　　因此从头盖骨的每一条裂纹中
　　疯狂的紫铜色花朵开放而出！

琥珀的时间在太阳的头脑中渐渐衰老
被遗忘的时间迷失在思想中！骤降的
　　溪流的时间和盲目的天空上
　　陨落的月亮的腐败池塘的时间

太阳的记忆中冰鸟的时间！歌唱起
未被珍爱的春季：歌唱起
　　被活埋了千年的心
　　从山峦的红宝石中呼唤你！

致克莱尔①的三首颂歌

1

你遐想中低垂的雨云
诺言的果实过于成熟
复活的群星
在你面容的蛛网中腐朽

即使那最像你的维纳斯的
神圣头颅,也应该在
秋霜浸染的草丛中萌发青苔
盲目的湮没中贫瘠的居所

我抱住你那卵形眉毛的头
你的大脑穿过它而在磷光的交谈中发光
你如同一朵吃肉的玫瑰
滚动,哦,你从我身边滚走

2

把你银色贻贝的嘴贴到我的嘴边

---

① 克莱尔·哥尔(1891—1977),诗人的妻子,女诗人。

la Septième Rose —————— ·

不要说话：我能听见你的秘密
和你自己从不曾感觉到的东西
你激情起伏的碎浪

狂躁的海洋从你的深处回响
上帝从你身上用黑暗的嘴呼喊
充满恐吓和指责

当红色的小提琴在你的游园会上啜泣
我就幻想自己在引导琴弓
然而你的躯体自动摇晃
我不是艺术家，我不是

3

我们的宫殿在你的眼里
已经被盐消耗，古老的鱼
咬啮烛台上崩溃的黄金：
我未被认出就伫立在它的岸上！

我观看你在绿宝石的幽灵船上
被强有力的朱庇特[①]勾引
毫无预兆就从我身边被带走
你的嘴唇一直在渴望中呼喊

---

① 朱庇特，罗马神话中的主神，相当于希腊神话中的宙斯。

已经被你内心的镜子迷惑
如同发出一千次震颤的无色水晶
你真实的存在被剥光:
你乳白色的灵魂照耀在我的身上!

La Septième Rose ———————·

致克莱尔-莉莲①

爱人,你是我的河
你的右岸上是往昔
你的左岸上是未来
我们一起流动着,歌唱现在

腐朽的树目送我们远去
解脱的鸟在我们前面飞翔

我是你右眼里的一颗钻石
你是我左眼里的天鹅绒

太阳从你的右肩上运转
月亮在我的左手里亏缺

爱人,我是你的河
我们一起流淌着,在现在沉默

---

① 克莱尔-莉莲,诗人妻子婚前时的名字。

*

我把你骨头之云的火焰之头
常常拿在我沉重的手中
我能摇动它,我能转动它
我听见里面有瀑布跌落,有发酵的世界

哦,我庄严的头!
这些蔚蓝的星星!升起又落下!
我何等折磨这颗头!我用泪水充满它!
我让它没有保护而渐渐衰老!
从未想过:上帝就在这里面君临!

*

你的左手是一朵伞状花序
你的右手是一朵骨头之花!
双手都祝福我,都用鸟儿的血,
用众神的肉来滋养我,
你的手微笑,哀悼,四处飞翔,
如同天平托盘上下移动
除非我变成了老人
我几乎不曾在托盘之间扫视

La Septième Rose ─────── .

*

我偷听你的睡眠

听见那盲钢琴师

在你的肋骨上弹奏

我听见夜晚的黑色波浪

碎裂在你脆弱的胸墙上

残忍的焦虑重重踩过你的灌木丛

桥梁在你的血流上迸裂

我偷听你的睡眠

数点我的日子的脉搏

*

你有金雀的眼睛,有紫罗兰的眼睛

我该怎样阐释你的思想?

源泉从你的嘴里说话

你无限的人群

穿过你的血管漫游

国王们坐在你的桌前欢宴

他们的智慧让你越来越苍白

然而粉红色的杏树

从你的心里长出来

云雀在你木莓的眼里啁啾

*

啊,成为情侣,那比用盲眼
还要清晰地把握的情侣!
成为情侣
被劫夺了所有判决
早就撤离了所有法庭!

群山毫无意义的规则
和龙胆草无常的蓝色
被废除。太阳迷途
没有后代的子夜徒劳地愤怒。

因为做情侣
和聪明的使者
是最高尚的身份。

*

有多少个早晨的太阳见过
它们反映在我们眼里的形象!
日子的成型任由我们决定

露水应该把它的存在
归功于爱情纯洁的发明

即使在那里，台风也因为丛林野兽而肥硕
把它们长长的黄色翅膀
扔在不稳固的岛屿周围

即使在那里，我们活着的爱情纪念碑也牢牢矗立
我的爱人，你的笑容
解开所有最难解的谜语

*

我用气息在你最不怀疑的时刻征服了你
我用气息让你头发的黑麦之茎倒立
我用气息扇动你的恐惧之火
那时你依然宁可相信暴风雨之力
而不相信人类之力

我用气息驱逐了
让你痛苦的天使
在我傍晚的气息之云中
我们飘离了所有海岸

*

我听见早晨冻结的鸟儿逃离你,
那沙哑的鸟儿,逃离睡眠的慈善之炉
  爱人,我的火焰!

我听见正午黑暗的语言从你体内翻滚而出
漫长而明智的宽容——它坚定成熟的石榴石
  泥土,我的爱人!

我听见傍晚金色的公羊角在你内心呼唤,
结局不确定、被深深埋葬的恐惧
  我的爱人,空气!

我听见午夜古老的海洋穿过你
穿过永不疲倦的气息的威胁的魔术而奔涌,
  水,我的爱人!

上 升

我像云雀俯冲下来
坠进你眼睛的圆顶
在你眼睛的天蓝中寻找我的源泉

我打算诱拐你而歌唱
从祖先和死者的半睡中诱拐你

不朽者,你在月亮城堡的
废墟边漫步溜达
我黑暗的竖琴并没传到你那里

无形中,你的头颅转向东方

我从未找到回归故园之路

致克莱尔

（写于临终之床上，1949年12月至1950年1月）

在以弗所①的花园里，我为你摘下
你康乃馨那松脆卷曲的枝条
你双手的傍晚的花束？

我在梦幻的湖里垂钓过你
我把我的心扔给你当作食物
一个在你的柳岸上垂钓的人

我在沙漠的旱季中找到了你
你是我最后的树
你是我灵魂最后的果实

我被你的睡梦包围，被
深深种植在你的宁静里
如同它夜晚的褐色外壳中的一颗核

---

① 以弗所，古希腊城邦。

La Septième Rose ———— ·

*

有流言传播说
当你潜进海里为我采摘果实
你的脚变成了鱼尾

孩子们早就在低语
你的手臂是柳枝
在你为我铺床睡觉之处
钩住了云朵

在我奄奄一息之夜
为了把我拯救于雪的饥饿
你的唇流血
已不再是秘密

每个人很快就会知道
你的躯体被掏空了
一座为我们双双死去的
芳香的坟墓

*

饮下我下颌骨的骨髓

从我眼里敲打牡蛎的珍珠
用珠母的镶板
覆盖我们记忆的梦幻之船

我紫菀的手在教堂墓园盛开
如同成熟的雄蕊的爱情剧本
散落粒粒花粉
把你新的星座播种在夜晚的辽阔区域

月亮女巫的王冠上
墓园的花朵闪耀
愤怒的黄道带的第十三个符号
在我心中发光的百合

*

我在你的头脑中爱抚那把我微微烧焦的火焰
我在你眉头那迷人的铭文中
破解我孤独的谜语

我在你碧绿之眼受阻的潮汐中
深深地做一次百年之久的沐浴
丧失重力

La Septième Rose ——————— ·

爱人，当我们有朝一日消亡
我们神圣之塔的残垣就会崩溃
我们的天使就会丧失翅膀而投入深渊

*

从坟墓的影子巢穴里
鸟类太阳的蛋跟着肮脏的夜晚攀登
你钻石的嗓音在飞翔中坠落
猛掷在我的灵魂周围

从我们在冬天的黑风中
几乎未发芽而交织的蔷薇藤上
孤寂的玫瑰闪耀
我们躯体高贵的血之吻

橘黄色日子的行星，把我们赎回！
我们为自己的三只眼熟悉
如同异国神庙中的那些神祇
——爱情让其完美的神祇

*

爱人，你那哀悼的吊灯

穿过太空对我发光发热
如同弥赛亚痛苦的群星
那发红的眼睛

当我孤独
被你的葡萄园迷惑
我就畅饮那被证明重要的葡萄酒

当我闭上眼睛
当你的血在我体内更强烈地脉动
当那被夺走了的你
仅仅用雾霭的手警告我
太阳为什么更加金黄地闪烁？

*

无论是谁越过你的路，都会注意到
那夜晚的庄严武装着野性翅膀
出没在孤独者荒凉的居所

你注意到你的恋爱和流血
颤抖着，如同消失在殉道者之路上的
玫瑰花萼

La Septième Rose ———— ·

注意到无法梦见的事物从你的肩上飘扬
伟大的知识不可思考的事物
和天使们所能做的其他一切

他们没有授予世间智慧如此的宁静
你是那始终把自己塑造得新颖的星座
你是那遮盖太阳的狮皮

不要过于深沉地哀悼那死亡的蛾子
让我梦幻中被霜降威胁的桃子
更深更远地成熟在你夏天的气息里

*

在时间的三脚凳上
我是寻求者而你是女巫

我把我的图腾献祭给你
你把记忆的烟雾回报给我

一只牡鹿铭刻在你眉额上
我从你绿色的幽谷中感觉到

一支前所未闻的歌

我为何降临到你的火山中?

我早就忘记了我所寻之物
那究竟是爱情还是理解?

*

我头发上生锈的羊毛陌生
我手臂中肌肉的顺从几乎充满敌意

然而你朝我转动头颅的方式
多么熟悉而忠诚!
我的头颅也是
迁徙之鸟的飞逝
在你云层密布的眼里
多么果断地射入我迸裂的额头
劫夺我汹涌的血!

我的手多么充盈而满溢!
你那脊骨脆弱的倾斜
你那从破碎之鸟的前翼上
拧下的几乎无形的翅膀
和你那用积雪揉成的躯体

La Septième Rose ———————— .

恐惧的舞蹈者

你双手的恐惧轻得像原野上的烟
你被囚禁于刺藜之塔
你穿墙漂浮,却从未抵达我

你头发的恐惧黄得像渐熄的烛光
你嗓音的恐惧像雾霭不可渗透
你投进我的怀抱,我却对你毫无感觉

你是恐惧的舞蹈者,伪装成秋天的藏红花
在红色武士的圈子里,骨头的音乐感动你
而你从未打破圈子,也从未飞向我

是什么在你脑海中低语?你把谁称为你的压迫者?
你眼睛的红绿色从未如此虚伪地冒出怒火
如同在跟武器闪光的敌人对话

恐惧是我为你买下的闪烁的蓝色羊毛衣裙
它包围你,把你分隔于我
你在它的结构中燃烧,你的呼唤是哀鸣之鸟

雨 宫

我给你建造了一座雨宫
那里有雪花石膏圆柱和水晶
　　因此在千面镜子的大厅
　　你才可能为我永远重新转变!

雨的棕榈用灰色乳汁滋养我们
我们从高高的水罐中畅饮雨的酒
　　一只多么亲切的蜻蜓
　　在原始雨林中鸣响又呢喃!

你在藤蔓的囚笼中渴望我
从你眼睛的灰色花杯里
　　雨的蜜蜂吮吸雨的血
　　歌唱的苍鹭是你的看门人!

我要用雨的钻石覆盖你
它们诞生那雨的王国的土帮主
　　他的权力和威力
　　按照快乐之雨的岁月被测量!

我们从雨的窗口看见时代

随海洋上空的风的旗帜而飘走

  在古代的沼泽中

  因为风暴野性的军队而可怜地结束!

然而在那珍珠大厅里

你暗中用大麻和羊毛为我混编一条头巾

  一件尸衣,宽大得足以容纳我们俩,

  所有世代都暖和耐用!

沙漠里的头颅

每日死亡的沙漠上,我为自己建造你的头
无数奴隶从日出的血液中
焙干你躯体的砖石
砖石工人在雨的梯子上爬进你的眼睛
嵌入那带有群星的金色尘埃的圆顶
那带有眼圈涂黑剂和绿宝石的瞳仁
它们平衡,如持久的天平
衡量太阳和月亮

从你讲述真理和混乱的
花岗石嘴里,即将呈现出
你的古人的魔术指导

我相信你的心灵永远安全
在沙漠最深的居所里
你观察者的眼睛穿过所有时代而照耀

然而你那么快就失明了
在风沙和精灵的雾霭中
砖石比任何肉体腐朽得还快
那扎营在你眼睛的盐湖畔的沙漠商队

再也认不出你正在消失的头
你碎裂之唇唱出的歌
在月亮的蓝色拱顶上渐息

深海的女儿

深海的女儿，我将怎样把你阻止在月亮的玻璃房子里？
我将怎样把你魔术的眼睛与迅速湮没的云连接在一起？
我将怎样让你习惯地球的圆形？

你被月亮占有
我将怎样驯服你那在
人类之岸上摔碎的内心之海？
我将怎样在我的怀疑之网中捕获那火焰之鱼？

当满月用罂粟种子让你受孕
我将怎样冷却那无眠的群山的狂热？
我将怎样挡开你红宝石的死光？

唯有在下弦月中
河流才会缩小，你眼中的
狐火才会熄灭
你如同神圣的动物粗粝鸣叫
屈服于我心灵的狩猎。

灰烬小屋

我们不像别人在安全的山坡上有房子
我们不得不永远在
那既不是盐也不是砂糖的积雪中
沿着圆月的球体一路徘徊

你召唤你的守护之鸟
它们在空中飞向非洲的坟墓
湮没的街道形成巨大的曲线
然而路上没有苍白的花朵沉思

接近子夜,我找到一座灰烬小屋
听得见嘲笑的狼群嚎叫
我用火炬撵走它们
我在荨麻的河里捕住一条油之鱼
它久久温暖我们
雕刻的雪床宽敞

于是有奇迹发生:
你金色的躯体如同夜间的太阳发光

盐　湖

月亮如冬天的动物从你的手上舔吃盐粒,
然而你的头发如丁香,泡沫般形成蓝紫色,
老练的猫头鹰在里面鸣叫。

那里有为我们建造的欲望的梦幻之城
城里所有的街道都黑白分明。
你走在诺言闪光的积雪上
我走在理智黑暗的轨道上。

房子被粉笔画在天上
它们铅铸的门在上面
山墙下,黄色蜡烛如钉子
对着无数棺材生长。

然而我们即将到达盐湖
那里有长喙的冰鸟潜伏等待我们——
我在那温暖的羽毛为我们铺床之前
彻夜与之徒手搏斗的鸟儿。

La Septième Rose ─────・

尘埃之树

在我们所到之处
尘埃之树长成尘埃之林
和这只尘埃之手！别碰它。

湮没之塔在我们周围升起，
朝中心倒下的塔，
仍在你橘黄色的光圈里。
一只尘埃之鸟高飞

我把我们爱情的传说保留在石英里
我把我们梦幻的金子掩埋在沙漠里
尘埃的森林越来越暗——
别，别碰这朵尘埃的玫瑰。

附　录
◎ 克莱尔·哥尔诗二首
◎ 伊凡·哥尔
　　生活与创作大事年表

La Septième Rose ———— ·

当你的最后一句诗渐息

当你的最后一句诗渐息
哀悼的玫瑰
就会戴着湿透的披巾来临
玫瑰丛中的处女
面颊苍白
永远一身素白
那百叶蔷薇,在幼儿园蹦跳
长着雀斑的乡村孩子
有着竹子守护人的
颤抖的孤儿
还有那患着
腐根病的老玫瑰

五月,所有月份的玫瑰都将来临
犬蔷薇,民间玫瑰
和城堡中过分艳丽的玫瑰
廉价的私生子玫瑰
在街头送掉自己
来自孟加拉的公主

哈菲兹①的女儿
那么你，来自爱人手中的第一朵玫瑰
天空玫瑰的敌人

它们的眼睑下饱含泪水
它们将开放两次
如同帕埃斯图姆的玫瑰
或者一次次
如同耶利哥的玫瑰

世界上所有的玫瑰都会在别的花园里
做我们的梦

---

① 哈菲兹（1315—1390），14世纪波斯抒情诗人。

La Septième Rose ———— ·

我为什么没有像稀有宝石

我为什么没有像稀有宝石
收集你的笑容?
为什么没有保持
你投在我们路上的影子?
我为什么把
你黄玉和金子的扫视
留给一个
你温柔地贮存的
消失的雨天?

我挥霍你的亲密
我不曾记录你的脚步
暴风雨驱散你的拥抱
摧毁那装满了吻的
红色谷仓
你嗓子的最后声音
消失在沙里
我在窗前玻璃的白霜中
徒劳地描绘你的轮廓。

伊凡·哥尔生活与创作大事年表

1891年：3月29日生于当时由德国控制的阿尔萨斯—洛林地区的圣迪耶的一个讲法语的犹太家庭，本名艾萨克·朗格。

1912—1914年：在斯特拉斯堡大学攻读法律，其间还先后在弗赖堡和慕尼黑求学。

1914年：第一次世界大战爆发，为避战祸而移居瑞士，在洛桑学习。

1916年：与女诗人克莱尔·斯图德尔相遇，两人一见钟情。

1919年：与克莱尔移居巴黎。

1921年：在巴黎与克莱尔结为伉俪。

1924年：发表《超现实主义宣言》，与布勒东的《超现实主义宣言》分庭抗礼，针锋相对。

1931年：邂逅奥地利女诗人、画家葆拉·路德维希，葆拉成为其红颜知己。

1933年：纳粹势力崛起。希特勒上台后即对德国境内的思想界和文化界进行大清洗，哥尔的作品被列入了黑名单，再也无法在德国发表和出版。

1935年：参加在巴黎召开的第一届作家大会，抗议德国法西斯主义的崛起。

1936年：开始创作一系列诗作，塑造了一个现代日常的犹太人——"没有土地的让"。

1939年：8月下旬携妻离开巴黎前往美国，开始流亡生活。9月6日抵达美国纽约市。

1940—1947年：创作《拉克万腊哀歌》和《来自土星的果实》两部诗集。

1943—1946年：创办并编辑文艺刊物《半球》，发表众多流亡美国的法国作家、艺术家以及美国作家的作品。

1947年：2月10日，为妻子写成情诗《10000个黎明》。发现身患白血病，从美国重返法国巴黎。

1949年：秋天，旅行到意大利威尼斯参加国际笔会。12月13日，病重，住进了位于巴黎附近的讷伊的美国医院。

1950年：2月27日与世长辞。被安葬在巴黎的拉雪兹神父公墓。

1953年：哥尔的遗孀克莱尔指责诗人保罗·策兰抄袭哥尔的作品，引发纷争。

1977年：克莱尔去世。